Yves Steinmetz

Votez Gilbarte

Éditions de la Paix

Gouvernement du Québec

Programme de crédit d'impôt pour l'édition de livres

Gestion SODEC

Nous remercions le Conseil des Arts du Canada de l'aide accordée à notre programme de publication.

Nous reconnaissons l'aide financière du gouvernement du Canada par l'entremise du Programme d'aide au développement de l'industrie de l'édition (PADIÉ) pour nos activités d'édition.

YVES STEINMETZ

Votez Gilbarte

Collection Ados/Adultes PLUS, no 1

Éditions de la Paix

pour la beauté des mots et des différences

Dépôt légal 4e trimestre 2004
Bibliothèque nationale du Québec
Bibliothèque nationale du Canada

Imprimé au Canada

Illustration Pierre Girard
Graphisme Guadalupe Trejo
Révision Jacques Archambault

Éditions de la Paix
127, rue Lussier
Saint-Alphonse-de-Granby
Québec J0E 2A0
Téléphone et télécopieur (450) 375-4765
Courriel info@editpaix.qc.ca
Site WEB http://www.editpaix.qc.ca

Données de catalogage avant publication (Canada)

Steinmetz, Yves

Votez Gilbarte

(Collection Ados/adultes PLUS ; no 1)

Comprend un index

ISBN 2-89599-005-0

I. Girard, Pierre, 1944 21 juil. - II. Titre. III. Collection: Ados/adultes. IV. Collection: Ados/adultes. Plus ; no 1

PS8637.T45V67 2004 jC843'.6 C2004-941130-6
PS9637.T45V67 2004

À

Nicole Harnois qui,
en riant beaucoup
de mes excentricités littéraires,
m'a fortement poussé à écrire
Votez Gilbarte.

Avertissement

Toute ressemblance entre mes personnages et des personnes réelles est un pur effet du hasard.

Dommage ! Ce serait trop drôle si des gens comme cela existaient vraiment !...

Yves Steinmetz.

PRÉFACE

Sortez vos mouchoirs, sinon nous ne pourrons plus rien pour vous ; vous allez pleurer de rire. Et bienvenue à Sainte-Esclarmonde, berceau de Gilbarte.

L'auteur, Yves Steinmetz, disciple du bon docteur François Rabelais, est un spécialiste de la tarte à la crème littéraire. Écrire un roman jeunesse à la fin de sa carrière de professeur lui a sûrement permis d'exprimer publiquement ce que la rectitude politique et pédagogique ne permet malheureusement pas assez.

Dans ces temps de Busheries transgéniques malsaines, de vaches folles et de poulets fiévreux, le cochon mauve, comme arme de rire massif, est salutaire.

C'est le juste retour de la franche rigolade sans arrière-pensée.

Pour protéger les jeunes filles de l'anorexie, il faut qu'elles lisent *Votez Gilbarte.*

Votez Gilbarte surpassera *Un Homme et son péché* dans l'imaginaire collectif des Québécois.

Les jeunes se passeront *Votez Gilbarte* au lieu de se passer un joint.

En vérité, je vous le dis, si la lecture de *Votez Gilbarte* devenait obligatoire dans toutes les écoles, il n'y aurait plus de décrochage scolaire.

Tout le monde serait heureux et nous serions sauvés.

Quel honneur pour moi d'avoir pu préfacer cette œuvre de génie !

Daniel.T.Jolin

UN

Le radet

Il faut bien dire ce qui est, Sainte-Esclarmonde, ce n'est pas le bout du monde. Ou plutôt si, justement ! Dans la mesure où la civilisation a eu tellement de mal à arriver jusque-là, on comprendra aisément qu'elle n'ait pas cherché à aller plus loin...

Il est cinq heures du matin. Népomucène Thivierge est de très méchante humeur. Il hisse hors de son lit ses cent vingt kilos. Il est en caleçons longs et réinvestit sa salopette qu'il a laissée choir la veille au pied du lit, encore tout imprégnée des vigoureuses senteurs de la soue. Un peu plus loin, il retrouve ses bottines dans lesquelles il plonge les pieds sans se baisser. Pas besoin de les attacher, il y a longtemps qu'elles n'ont plus de lacets. De toute façon, les grosses pattes boudinées de Népomucène seraient-elles capables de réaliser un nœud aussi délicat ? Pas besoin, non plus, d'enfiler une paire de chaussettes, il n'a pas enlevé les siennes en se couchant hier, au soir. Les chaussettes c'est comme les sous-vêtements, tant qu'ils sont seulement un peu sales, on les garde. Pas de gaspillage ! On les change quand on se lave. Le samedi soir. Quand on a le temps. Pour être bien propre le dimanche, à la messe de huit heures, après le train.

Népomucène est de méchante humeur tous les matins depuis que son voisin, Augustin Moore, l'a battu aux élections, il y a plus de trois ans. C'est donc Moore qui est maire de la paroisse. Un mécréant de libéral. Un mormon, pour tout dire. Un bon à rien de cultivateur de blé d'Inde qui passe l'hiver à ne rien faire. Et pas trop catholique, en plus. C'est vrai, Moore, il ne va jamais à la messe, il ne paie pas la dîme, sauf en période électorale, et il part tous les hivers dans le Sud, chez les sauvages. Sur une île. Je ne sais plus laquelle. De toute façon, c'est des places où tout ce que t'as à faire, c'est de te promener tout nu en prenant un coup. Paraît que là-bas, le rhum coûte moins cher que le *Coca-Cola*.

****

Népomucène a reçu ce prénom bizarre de parents dévots qui vouaient un culte à un obscur saint Népomucène, dont nul n'a jamais retrouvé la trace. Pas même le curé, Sébastien Goupil. Et Thivierge, on l'appelle Popo dans la paroisse, parce que c'est quand même plus simple. Popo a retenu de son éducation très chrétienne que le monde se divise en deux parties. Il y a les catholiques, seuls gens fréquentables, et tout le reste, ce sont les mormons. Les mormons sont idolâtres, athées, dépravés et alcooliques. Ils se subdivisent en plusieurs catégories : protestants, témoins de Jéhovah, francs-maçons, anglophones, bérets blancs, libéraux, Juifs, Indiens, immigrés. Le dernier premier ministre catholique, c'était Maurice Duplessis. Depuis, nous sommes gouvernés par les mormons.

****

Le cultivateur arrache sa casquette du clou où il l'avait laissée en rentrant la veille au soir. Il a de l'éducation, Popo ; il se découvre à l'intérieur. Rester couvert dans la maison, ce sont des manières de mormons. Il s'enfonce la casquette sur la calvitie jusqu'aux yeux, et sort d'un pas sonore, après avoir lancé à sa femme :

— Rose de Lima ! Lève-toi puis prépare la soupe pour six heures et demie !

Popo ne prend pas de café le matin. Ça aussi, ce sont des manières de mormons. Il déjeune tous les jours, après le train, d'un grand bol de soupe aux pois accompagné d'une douzaine de tranches de pain avec quatre œufs et beaucoup de bacon. Un homme qui travaille, il faut que ça mange.

Rose de Lima, que tout le monde, sauf Popo, appelle Rosa par simplicité, se lève à son tour. Elle est fluette, noiraude et encore très jolie malgré ses cinquante ans bien sonnés et vingt-cinq ans de dur labeur sur la ferme Thivierge. Elle ouvre bien grandes les fenêtres de la chambre pour en chasser les deux odeurs qui s'y disputent la suprématie : celle, douceâtre, des cochons, et celle, nettement plus forte, de son mari. Elle endosse une robe de chambre rose fuchsia et s'en va dans la cuisine faire bouillir de l'eau et mettre la soupe à chauffer pour le petit-déjeuner de son ogre.

Puis elle va prendre sa douche. Elle est coquette, Rosa, et même si se laver tous les matins, ce sont des manières de mormons, rien ne l'y fera renoncer. Même pas les reproches de Popo qui regarde à la dépense.

****

Popo pénètre dans la maternité. Un premier sourire éclaire sa grosse face rubiconde.

— Et alors, mes p'tites cochonnes, on a passé une bonne nuit ? beugle-t-il à pleins poumons.

Un chœur de grognements lui répond et cela le fait beaucoup rire. De bons grognements de cochons, voilà un langage que Popo comprend. Ça, au moins, c'est simple et ça dit ce que ça veut dire. Pas comme les leçons de savoir-vivre que Rosa lui prêche quand il rote à table. Pas comme les sermons du curé, Sébastien Goupil. Celui-là, que les paroissiens de Sainte-Esclarmonde appellent « Goupillon », il faut toujours qu'il étire la messe sans bon sens. Tout ça pour avoir des sous ! Il n'a qu'à dire combien il veut, on passera le chapeau. Pas besoin d'en parler pendant une demi-heure quand le déjeuner attend. Une chorale de cochons au petit matin, ça au moins c'est clair. Ça veut dire : « Salut, Popo, j'ai faim ! »

Et Popo soigne ses pensionnaires. Il connaît chaque animal par son nom. Les verrats portent tous, par principe, des noms de ministres ou de députés libéraux. On fait de la politique comme on peut. Ainsi, son plus beau reproducteur s'appelle Pierre Elliott, en souvenir de ce mormon de Trudeau. Nul doute que son successeur se nommera Jean, comme Chrétien.

Les truies, par contre, ont droit à une affection toute particulière. Même s'il y en a une soixantaine, chacune porte un nom poétique : Rosette, Mignonne, Péteuse, Grosses Foufounes...

Et chacune d'elles, avec amour, répond à son nom et aux caresses de son maître. Il s'approche de sa préférée, Tite Mouman.

— Oh ! Ben, qu'est-ce qu'elle m'a fait là, ma Tite Mouman ? T'as cochonné, ma cochonne ? Et sans rien dire à Popo ? Tu m'aurais dit ça hier au soir, tu peux être sûre que Rose de Lima aurait couché toute seule ! Je serais resté pour te donner un coup de main. Et combien tu m'en as fait ? Un, deux, trois... treize ! Tu faiblis, ma chérie ! La dernière fois, y en avait quinze ! Ben qu'est-ce que c'est que ça ? Dis-moi pas ! En voilà un quatorzième ! Et pas ben, ben beau ! Tu voulais me le cacher, hein, ma ratoureuse ! Tu appelles ça un cochon ? Ma chatte en fait des pareils !

Tite Mouman, que les longs discours ennuient, se couche pour bien montrer qu'elle se désintéresse de la question. Popo s'empresse de la rappeler à l'ordre.

— Couche-toi si tu veux, Tite Mouman, mais tu vas m'entendre pareil ! Regarde-moi ça, ce radet-là ! Pas plus gros qu'un rat de grange ! Et tout mauve ! Ça, c'est un cochon qui respire mal. Et pis t'as vu ? Il a plein de marques foncées sur le corps. On dirait un zèbre ! Imagine pas que tu vas nourrir un raté de même ! À la poubelle, le radet !

Popo saisit le porcelet par une patte et le jette dans le dalot. Tite Mouman, qui ne connaît pas la différence entre treize et quatorze, n'y trouve rien à redire

La petite Julia, fille cadette de Popo et Rosa, se lève. Elle est tout le portrait de sa mère. Elle a quinze ans et elle grouille comme un écureuil. Très vive dès le réveil, elle vole sous la douche, court s'habiller, déjeune en un éclair, et se précipite vers la maternité. En chemin, elle croise Popo.

— Salut, popa, quoi de neuf ?

— Tite Mouman a cochonné.

— Je peux aller voir ?

— Ouais, mais énerve-la pas.

— Ça a bien été ?

— Pas pire. Treize cochons, puis un radet.

Julia s'approche de Tite Mouman et la caresse derrière les oreilles, là où la truie aime ça. Elle compte les bébés et félicite la mère. C'est alors qu'elle entend un faible couinement provenant du dalot. Julia tourne la tête et découvre cette petite chose d'une couleur invraisemblable, gisant dans les ordures.

— Comme ça, c'est toi, le radet ! Hé, mais tu n'es pas mort, toi ! Tu es un gars ou une fille ? Ah ! Une fille. Et popa t'a envoyée à la poubelle ! Il n'a vraiment pas de cœur ! Viens, ma cochonnette, tu dois avoir faim.

Tite Mouman ne l'entend pas de cette oreille. Elle s'est déjà désintéressée de son radet et il faut la distraire pour qu'elle se laisse téter.

Quand le minuscule rejeton a bu, Julia le prend dans ses bras. Confiante, la bestiole se réfugie dans la chaleur et ferme les yeux.

— Tu as vraiment une drôle de couleur, toi ! Mauve avec des zébrures ! Et grosse comme une pomme ! C'est décidé, tu n'iras pas à la poubelle. Je te garde !

Julia, elle est comme ça. Elle a bon cœur et prend ses décisions sans réfléchir. Elle glisse le porcelet sous son chandail et rejoint précipitamment la maison.

****

Popo et Rosa, aujourd'hui, sont heureusement fort occupés à la maternité. Des queues à couper, des crocs à arracher, des jeunes gorets à castrer... Rosa s'occupe des piqûres ; Popo en est incapable. Il leur fait mal et casse trop souvent l'aiguille. Il faut des mains de femme pour cette délicate opération. Et puis, ça coûte moins cher que le vétérinaire.

Julia profite de l'absence des vieux pour laver la petite rescapée et l'installer dans un nid douillet. Une boîte en carton avec des guenilles, près du radiateur.

Elle court alors réveiller Lucienne, sa sœur aînée. Lucienne a dix-huit ans. Si Julia est le portrait de sa mère, Lucienne est, en tout point, celui de son père. Grande, carrée, massive, le cheveu blond et court, la voix forte et les idées bien arrêtées. On l'appelle Grosse Lulu sans qu'elle s'en formalise. Dans la mentalité de Popo et de Grosse Lulu, toute vérité est bonne à dire. Que veux-tu y faire ? Les gens simples, c'est comme ça. Pas facile de discuter avec eux parce qu'ils ne changent jamais d'idée. Mais, au moins, on sait toujours ce qu'ils pensent.

Grosse Lulu n'est pas contre l'idée d'adopter la petite truie mauve zébrée. Ce n'est pas la première fois, de toute façon, que Julia ramène de la porcherie un porcelet mal parti. Chaque fois, Popo fait une crise. Il faut le comprendre, pour lui, la vie, c'est produire de la viande et transformer cette viande en dollars. À part la viande et la piastre, aucune considération n'existe. Par contre, Grosse Lulu, qui compte bien reprendre la ferme familiale le plus tôt possible, a déjà entrepris de saper l'autorité paternelle pour y installer la sienne. Elle s'oppose donc de plus en plus au maître des lieux pour bien lui faire sentir que son règne touche à sa fin. Popo, bien entendu, ne l'entend pas de cette oreille. Les vingt prochaines années vont être laborieuses.

Bref, Grosse Lulu approuve d'avance l'adoption d'un porcelet mal né. Julia, qui est toujours l'instigatrice des adoptions, la soutient de toute son âme. Et Rosa qui, par complicité féminine, défend ses filles, finit chaque fois par remporter la victoire. Il faut dire que Popo, qui en dehors de la viande et de la piastre, manque d'imagination, n'a jamais pensé à euthanasier sur-le-champ les porcelets mal nés. Cela explique que dans la maison des Thivierge, il y en a toujours un ou deux promus à la condition d'animaux familiers.

Tu diras bien ce que tu voudras d'un cochon, mais il reste que c'est un animal intelligent. Ça demande la porte, ça fait toujours ses besoins dans le même coin, et surtout, c'est propre. Ça adore se laver. Et encore plus se faire laver. Évidemment, il faut que tu lui prêtes ta baignoire régulièrement.

Mais avec Popo, ça ne pose pas de problème, vu que sa baignoire, il s'en sert le moins possible.

Le seul ennui, c'est que quand l'un des protégés de Julia atteint le poids de quatre-vingt-dix kilos, il commence à avoir de la difficulté à sauter dans la baignoire.

Il faut reconnaître aussi qu'un cochon de quatre-vingt-dix kilos, ça a beau être intelligent, c'est toujours dans les jambes. Essaie donc de passer l'aspirateur quand un gros bétail de quatre-vingt-dix kilos se frotte contre toi pour quêter des caresses. Un chat, ça évite les turbulences. Un chien, c'est souple et ça se pousse du pied. Mais un cochon, c'est rigide comme un comptoir de cuisine. N'essaie pas de le pousser, c'est toi qui vas devoir te tasser. La seule solution, c'est de lui offrir une friandise dans un autre coin de la maison. Et là encore il faut se grouiller, car un cochon, ça mange vite. Et ça n'aime pas les portes fermées. Pas question de l'enfermer, il aurait vite fait de défoncer cette fragile barrière pour venir te rejoindre.

Popo, s'il n'a pas vraiment compris la manière de vivre heureux avec un cochon dans son salon, connaît très bien, par contre, celle de s'en débarrasser. Il est courant qu'un bourgeois du village, voulant régaler ses amis, cherche un jeune porc à faire cuire à la broche. Son problème est d'en trouver un qui ne soit pas bourré d'antibiotiques. Et les clients de Popo savent qu'il a toujours en réserve un petit cochon nourri aux restes de table et exempt de toute médication.

Le marché se conclut quand Julia est à l'école, Rosa dans la porcherie, et Grosse Lulu encore au lit. Quand cette dernière se lève, elle constate la disparition du porc et en fait le reproche à son père.

Rosa s'inquiète de la manière d'annoncer la nouvelle à sa cadette. Et Julia, rentrant de l'école, fait une crise à son père, jure qu'elle ne l'aimera plus jamais et qu'elle s'enfuira dès qu'elle en aura l'âge. Et puis Julia trouve un nouveau mal né et toute l'histoire recommence...

Popo voue une haine implacable à Augustin Moore, que ses amis appellent Gus. Les adversaires politiques de Gus, plus subtils, se rappellent que son père, Phillias Moore, a épousé Jeanne-d'Arc Pion. Gus est donc, selon la mode actuelle, un Moore-Pion. Il y a gagné le surnom infamant de « Morpion ».

****

La jeep de Gus se fraie péniblement un chemin jusqu'à la porcherie de Popo. On est en hiver et Popo ne déneige que lorsque les clients viennent prendre livraison d'une cargaison de porcs prêts à l'engraissement. Peu soucieux d'ouvrir son chemin aux intrus quand aucune nécessité commerciale ne l'y oblige, il préfère patauger dans la neige, quitte à chausser ses raquettes quand il y en a trop épais.

Popo aime la neige. Elle constitue la meilleure des barrières entre lui et les démarcheurs de toute sorte qui ne pensent qu'à l'assaillir : témoins de Jéhovah, vendeurs de journaux, recenseurs, marchands de cochoncetés diverses, et autres mormons.

Mais Morpion a une jeep. Ça lui permet de débusquer Popo dans sa retraite n'importe quand. La peste soit des jeeps !

— Salut, Thivierge ! Comment vont les cochons aujourd'hui ?

— Ah ! Tiens ! T'es là, toi ? Salut Morpion. Les cochons, ça va, quand on est pas trop dérangés.

Morpion ignore à la fois le surnom et l'accueil glacial.

— Je viens en client. Aurais-tu pas un petit cochon mangeable ? Pas trop gros, vingt kilos. Et pas bourré de médicaments.

— C'est pour un banquet de mormons, j'imagine ?

— Si tu veux. Une assemblée électorale.

— Tu commences de bonne heure !

— Comme tu vois ! Si je ne veux pas être battu comme toi, la dernière fois, il faut que je sois prêt.

— Tu seras battu de toute façon. Oublie pas que tu l'as emporté rien que par quarante et une voix. Ces quarante et une voix, je sais où aller les chercher. Même le double. En passant, qu'est-ce que tu fais par ici ? T'es pas dans le Sud, quand t'as rien à faire sur ta terre ?

— Pas cette année, les élections sont trop proches.

— Ouais, je vois ça d'ici ! Tu vas à la grand-messe, tu fais des chèques à Goupillon pour ses œuvres, tu paies la traite à tous les bons à rien de la paroisse pour qu'y votent pour toi...

— La politique a ses obligations !

— La politique, pour moi, c'est donner l'exemple d'un Canadien français, catholique, qui travaille douze mois par année.

— Tu sais, Popo, tu feras bien ta campagne comme tu voudras !

— Appelle-moi pas Popo !

— Tu m'appelles bien Morpion !

— Ben pourquoi pas ? C'est ton nom !

— Moore-Pion ! Pas Morpion ! La différence est dans la prononciation.

— Ben moi, je la vois pas, la différence. En tout cas, pour le cochon, va falloir t'en passer. Va plutôt te chercher une dinde chez Choquette. Moi, tout ce que j'ai pour toi, c'est le radet que j'ai *pitché* dans le dalot.

— Quel radet ?

— Ben ouvre tes yeux !

— Je vois bien le dalot, mais pas le radet.

— Comment ça, pas le radet ? Ah ben sacramouille ! Ça, c'est ma Julia qui m'a encore fait le coup de l'adoption ! Incorrigible ! Je vais encore me retrouver avec un cochon dans mon salon ! En tout cas, compte pas sur celui-là pour bourrer la bedaine à tes mormons, y pèse pas ses six onces, et y est laid ! Laid ! Les côtes lui sortent du corps et il est mauve avec des lignes noires comme un zèbre.

DEUX

Gilbarte

Popo plante ses raquettes dans le banc de neige, à côté de la porte, après les avoir tapées l'une contre l'autre pour les nettoyer. Il accroche sa casquette au clou, pose son manteau de buckskin par-dessus et quitte ses bottines sur lesquelles commence à fondre un mélange de neige fraîche et de crotte de cochon beaucoup moins fraîche.

Grosse Lulu l'attend. Elle est assise sur le sofa. Elle tient le porcelet dans le creux du bras gauche et, de la main droite, lui donne le biberon. Autour d'elle, le clan des femmes est prêt pour l'épreuve de force.

— Pas un nouveau cochon dans ma maison !

— Si, popa ! réplique Julia. Je ne pouvais pas le laisser mourir dans le dalot.

— Il est juste bon à ça !

— Tu n'as pas de cœur !

— J'ai du cœur certain ! Du cœur à l'ouvrage ! C'est pas avec des radets qu'on fait vivre une famille.

— Il va bien falloir ! intervient Grosse Lulu. Parce que le petit cochon, maintenant, il fait partie de la famille.

— Les petites ont besoin d'un animal familier, dit Rosa. Chaque fois qu'elles ont un cochon, tu le vends derrière leur dos.

— Les cochons, faut que ça rapporte. C'est fait pour ça. Et pour les animaux familiers, y a la minoune.

— La minoune, elle n'est jamais dans la maison. Toujours à chasser les souris, parce que tu ne veux pas qu'on la nourrisse.

— Un chat, c'est fait pour chasser les souris.

— Et elle fait douze petits par année que tu donnes à manger à Pierre Elliott, pour être sûr qu'on ne les gardera pas. Les petits chats, on ne les voit jamais. Alors on se rattrape avec les petits cochons. Tant qu'à y être, tu n'avais qu'à donner le radet à Pierre Elliot.

— Les cochons, faut pas que ça mange du cochon, sinon y seraient ben capables de prendre l'habitude. Y aurait plus de profit possible. J'ai une famille à faire vivre…

— T'as une famille à faire vivre, se fâche Grosse Lulu, mais des fois, tu pourrais peut-être la laisser vivre un peu.

— La seule façon de vivre, pour un cultivateur, c'est de faire de la piastre avec du cochon. Pas de les élever au biberon en négligeant son ouvrage. T'es même pas capable de te lever le matin pour faire le train !

— Chaque fois que je fais le train avec toi, tu n'arrêtes pas de m'engueuler ! Et tu fais tout l'ouvrage toi-même parce que tu n'es pas fichu d'accepter qu'une femme soit capable de faire ça aussi bien que toi !

— Quand tu seras capable de faire le train aussi bien que moi, je prendrai ma retraite, sacramouille !

— Alors tu prendras ta retraite demain matin. T'as qu'à me donner une chance.

— Ah ! T'en veux, une chance ? Ben demain matin. D'accord. Demain matin, tu te lèves à cinq heures, puis tu vas faire mon travail. Moi, je reste au lit. Mais après le déjeuner, j'irai voir. Ç'a besoin d'être bien fait, sinon tu vas m'entendre.

— Tu vas voir si ça ne sera pas bien fait ! Je te gage même que ce sera mieux fait. Ta maternité, on voit même plus à travers les vitres, tellement elles sont dégueu. Et il y a des toiles d'araignées partout. On voit bien qu'il n'y a pas de femme pour s'en occuper. Et ça doit être plein de microbes. Si ça continue, on va avoir une épidémie, et il n'y en aura plus, de cochons. Et alors, avec quoi tu la feras vivre, ta famille ?

Popo, une fois de plus, capitule devant les rangs serrés de l'armée féminine. Sa colère s'apaise. Grosse Lulu, qui s'est levée pour lancer sa dernière offensive, le dévisage, les yeux dans les yeux. Elle a toujours le porcelet dans les bras. Elle tient le biberon bien haut, comme un fier et belliqueux emblème.

Popo sent qu'il est vaincu. Une fois de plus. Il faut faire diversion.

— Le radet, là, c'est un gars ou une fille ?

— Une fille, se radoucit Grosse Lulu, sentant la victoire proche.

— Ah ! ben sacramouille ! C'est nouveau, ça ! Les radets, d'habitude, c'est des gars !

— C'est bien ce que je dis, les femmes, c'est plus fort !

Popo, meurtri dans sa masculinité, s'apprête à relancer le conflit.

C'est alors que, pour la première fois, la porcelette entre dans la controverse. Elle qui dormait, indifférente au tumulte, se réveille, grogne un petit coup, s'étire et tourne vers Popo deux yeux extraordinaires. Des yeux comme jamais cochon n'en a eu.

— Ah ben sacramouille ! Regardes-y les yeux, à la radette ! Jamais vu ça ! Elle a les yeux bleus comme le ciel du bon Dieu ! Puis grands comme des trente sous ! Puis avec des cils comme une vache ! Si c'était une femme, a ferait tourner la tête à tous les gars de la paroisse, avec ces yeux-là !

— T'as raison, Népomucène, dit Rosa qui s'est rapprochée. Tu vois bien que cette petite truie est très spéciale.

— Ça, pour être spéciale ! Et comment vous allez l'appeler, cette fois-ci ?

— À toi de choisir, concède Julia, soucieuse de se montrer magnanime dans la victoire.

— Ben je vais te dire... Mauve, avec des rayures noires, puis des yeux bleus, c'est une sacrée mormone de cochonne, c'te cochonne-là. Aussi bien de lui donner un nom de mormon. Ouais, je le sais, le nom, on va l'appeler Gilbarte. Comme la mère Côté-Mercier, celle qui faisait marcher ces mormons de bérets blancs, à Rougemont.

— Gilbarte ! Pourquoi pas ? accepte Grosse Lulu.

— Mais oui, pourquoi pas, dit Rosa, qui s'en fiche, pourvu qu'on arrive à un accord.

— Ouais ! Ça lui va bien ! approuve Julia qui, elle aussi, s'en fiche, du moment qu'elle peut garder la petite truie.

Et Gilbarte, qui n'avait pas encore donné son opinion, lance un grognement sonore, bâille et se love dans les bras de sa protectrice en fermant ses yeux admirables.

****

C'est une cause entendue. Dès le moment où un radet a reçu un nom, surtout si c'est Popo qui l'a choisi, il fait partie de la famille. Popo ne reviendra pas sur sa décision. Bien sûr, la prochaine fois, tout sera à recommencer. Mais tant que Gilbarte sera là, jamais le maître n'y trouvera rien à redire. Par contre, il faudra le surveiller quand Gilbarte atteindra le poids critique de quinze ou vingt kilos. Mais déjà Julia a prévenu :

— Ce cochon-là, pas question de le vendre pour le mettre à la broche ! Un cochon mauve, zébré, avec de grands yeux bleus, c'est unique au monde.

— Julia a raison, renchérit Grosse Lulu. Gilbarte, il n'y en a pas deux comme elle. Tu pourrais faire fortune rien qu'en la montrant, popa. Peut-être même que la télévision se déplacerait pour venir la filmer.

L'argument ne convainc pas vraiment Popo. La télévision, c'est Radio-Canada. Pas trop catholique avec sa façon de présenter les choses. Bref, des libéraux. Bref, des mormons. Mais l'idée de paraître au petit écran ne lui déplaît pas. En période électorale, ça peut faire gagner des voix... Jamais ce crétin de Morpion ne s'en remettrait. Qu'est-ce qu'il a à montrer à la télévision, lui ? Un épi de blé d'Inde mauve avec des yeux bleus ? Foutu d'avance, le Morpion !

— D'accord, admet Popo, je promets de ne pas la vendre.

— C'est bien vrai ? se méfie Julia. Tu ne vendras pas Gilbarte au premier venu ?

— Promis !

— Tu jures qu'elle vieillira dans la maison ? insiste Rosa.

— Je l'jure !

— Même si elle pèse cent trente-cinq kilos ? ajoute Grosse Lulu.

— Même !

— Moi, je sais ce qu'on va faire, continue-t-elle. On va lui faire avoir des petits. On va créer une race de cochons mauves, zébrés, avec de grands yeux bleus. On va tenir ça bien secret, et on va liquider tous les autres cochons…

— Même Pierre Elliot ?

— Ouais, même Pierre Elliot. Et quand on aura mille petits cochons mauves, zébrés, avec des yeux bleus, on lancera la race sur le marché. Millionnaires, qu'on va devenir !

Enfin, un argument convaincant. Popo ne se sent plus de joie. Se mettre riche avec un radet. C'est ça, la vraie vie ! C'est ça, l'aventure !

****

Ding-dong ! De la visite ! Pas plus mal, Popo allait commencer à réfléchir. Tout, mais pas ça ! Dès que Popo réfléchit, il recommence à partager le monde entre catholiques et mormons. Et il cesse d'écouter. Son peu d'ouverture se referme comme un bocal à marinade. On a tout à y perdre.

— Julia, va voir qui c'est.

La petite ne se le fait pas dire deux fois, avec son père, une discussion interrompue au bon moment reste toujours où elle en était. Julia revient avec le visiteur.

— Oh ! ben si c'est pas not'curé ! beugle Thivierge.

— Eh bien oui, c'est moi, confirme Sébastien Goupil, comme tu vois. Bonjour, Népomucène. Bonjour, Rose de Lima. Bonjour, mes petites.

— On a des noms, grince Grosse Lulu. Moi, c'est Lucienne.

— Et moi, Julia.

— Ah ! Mes p'tites mormones, soyez donc polies avec monsieur le curé ! Et allez donc voir plus loin si vous n'avez rien à faire.

Les filles, heureuses d'échapper à un fastidieux échange de platitudes, s'empressent, pour une fois, d'obéir. Rosa, par principe, ne bouge pas de son siège. Les histoires d'hommes, il vaut toujours mieux qu'il y ait une femme pour les entendre.

— Et quel bon vent t'amène ? tonitrue Popo.

— Enlevez votre manteau, monsieur le curé, et prenez un siège, roucoule Rosa.

Goupillon accepte l'invitation et se sépare de son long manteau noir, seul vêtement par lequel un curé ressemble encore à un curé, en ces temps difficiles. Maintenant, il est en complet veston. Noir, bien entendu. Et passablement élimé. En visite paroissiale, quand l'argent est difficile à gagner, il vaut mieux paraître pauvre.

Le curé mesure sept pieds et baisse la tête pour passer les portes et sous les lustres. Il est maigre comme un clou, jaune de teint, a l'œil sombre et le cheveu rare. Il plie en accordéon son interminable carcasse et s'assoit, du bout des fesses, dans le fauteuil que Rosa lui a offert.

— Vous prendrez bien une petite goutte avec nous ? Il faut fêter ça, de la grande visite !

— Non, merci, Rose de Lima. Il n'est pas onze heures, ce ne serait pas chrétien.

— Laisse-toi donc aller, Sébastien, c'est l'temps des fêtes !

— Justement, on est en avent. Il convient de faire pénitence.

Tout le monde sait que Goupillon ne dédaigne pas les plaisirs de la vie, et que les bouteilles de vin de messe n'arrivent pas toujours intactes à la sacristie. Plusieurs, même, n'y arrivent pas du tout. Bien sûr, le curé est très secret dans ses libations, et si ce n'était des indiscrétions de sa gouvernante, qui sait compter les bouteilles, et du bedeau, qui accepte volontiers un p'tit coup après la grand-messe, pour se réchauffer, on prendrait volontiers Goupillon pour ce dont il a l'air. Un ascète. Et l'on attribuerait aux longues veillées de prière ses yeux bordés de rouge, soulignés de cernes, son teint hépatique, sa dentition intermittente et le tremblement de ses longues mains osseuses.

— Si vous prenez une petite goutte, je vais me laisser tenter. Mais c'est bien pour vous accompagner. Le bon Dieu, qui bénit cette maison, voudra bien nous le pardonner.

— Là, tu parles comme un ami ! Rose de Lima, sors-nous donc la bouteille de bleuet. Faut que tu goûtes à ça, Sébastien. Une p'tite liqueur de bleuet que Rose de Lima a faite elle-même. Une vraie merveille ! Ça fait trois ans qu'on la laisse vieillir.

— Tu ne t'es pas mis à distiller, j'espère !

— Ah ben non ! Qu'est-ce que tu crois ? On n'est pas des mormons.

Popo ignore évidemment que les mormons ne boivent que de la tisane. Mais un brin de culture, c'est trop lui demander.

Goupillon, comme d'habitude, trempera les lèvres dans son verre, déclarera que c'est délicieux, et n'y touchera plus. Et Popo, après la visite, reversera le verre du curé dans la bouteille. Il ne faut rien gaspiller, sinon il n'y a plus moyen de faire vivre sa famille…

— Puis, Sébastien, tu m'as pas répondu. Quel bon vent t'amène ?

— Hélas ! mes amis, ce n'est pas un bon vent. C'est plutôt une tempête, commence-t-il finement, usant d'une formule empruntée en espérant qu'elle rapporte des intérêts. Ce matin encore, la cour du presbytère était jonchée de bardeaux. Le vent aura bientôt fini d'emporter la couverture de l'église si les paroissiens n'y mettent bon ordre.

— Ouais ! Je sais, le maire m'en a jasé à matin.

— Il change, celui-là. Il devient un peu plus catholique. Il vient à la grand-messe depuis trois semaines.

— Combien ça te prend, pour la réparation ?

— Eh bien, l'entrepreneur m'a parlé de trente mille. Bien sûr, il ne prend pas de profit, mais il faut quand même qu'il paie les matériaux et les ouvriers.

— Moore a donné combien ?

— Douze mille.

— Ah ! Le mormon ! Y est riche à millions !

— Il a quand même fait un geste.

— Geste électoral, ouais ! Il aurait pu payer le bill au complet sans voir la différence.

— Quand même, Népomucène, douze mille dollars, c'est douze mille dollars !

— J'paie la différence, dix-huit mille piastres !

— Népomucène ! Es-tu sûr qu'on peut ?... Pense à ta famille.

— Merci, Népomucène, mais Rose de Lima a raison. Pense à ta famille.

— Ma famille est ben capable de se priver un peu. Et moi, je permettrai pas qu'il mouille dans maison du bon Dieu.

— Mais Népomucène, es-tu sûr de ne pas faire, à ton tour, un geste électoral ?

— Le geste que je fais, c'est un geste de catholique. Des gestes électorals, j'en ferai itou, ça sera pas long. Puis ça me fera gagner mes élections. Puis ça me coûtera pas dix-huit mille piastres !

— Népomucène ! Ne sois pas impoli !

— Laisse, Rose de Lima. Népomucène est le meilleur paroissien de Sainte-Esclarmonde. Et il y a trop longtemps qu'on n'a pas eu un vrai maire chrétien.

— T'as ben raison, Sébastien. On va les avoir, les mormons. J'espère que tu vas me soutenir dans ma campagne ?

— Je soutiendrai la vraie religion, comme Dieu l'exige de moi. Mais il faudra que je sois discret, Moore a quand même donné douze mille dollars...

****

Goupillon a pris congé de ses hôtes. Il descend le rang Saint-François en direction du village. Il a la poche gonflée de l'argent de Popo. Dix-huit mille dollars en billets de cent. Popo ne fait jamais de chèque, il n'a pas confiance. Oh ! Il sait bien lire un chèque qui lui est adressé, mais jamais il n'a essayé d'en rédiger un. Des manières de mormon...

Goupillon tourne à gauche et, de son long pas rigide, s'engage dans la cour d'Augustin Moore.

— Ah ! Voilà de la grande visite. Comment il va, notre curé ? Entre, Sébasse, fais comme chez toi.

Gus accueille Goupillon d'une grande claque dans le dos. En d'autres circonstances, le curé se serait vexé, mais ce n'est pas tous les jours qu'on reçoit des claques qui rapportent douze mille dollars.

— Tire-toi une bûche, mon grand, je t'apporte une bière.

Goupillon accepte. Avec Moore, pas besoin de finasser. Les privations de l'avent, il s'en fout.

— Et alors, la construction, ça avance ?

— Les travaux vont commencer aussitôt qu'il fera plus chaud. J'ai presque réuni les fonds. J'ai deux généreux donateurs, et les collectes du dimanche feront le reste.

— Si je comprends bien, tu es allé voir Thivierge ?

— Pour ne rien te cacher, oui, j'en arrive à l'instant.

— Il a donné combien ?

— Je ne voudrais pas être indiscret...

— Voyons, Sébasse, ne fais pas le gêné ! Moi, si je te demande ça, c'est juste pour m'assurer que tu auras assez. Je ne veux plus qu'il pleuve dans la maison du bon Dieu. Combien ?

— Dix-huit mille.

— Tabarnouche ! Il faut vraiment qu'il ait le goût de se faire élire.

— Ne blasphème pas, Gus !

— Je n'ai pas blasphémé. J'ai dit tabarnouche, pas tabarnac.

— Mais là, tu viens de le dire.

— Ça ne compte pas, c'était pour l'explication.

— Bon, admettons.

— Mais là, on s'égare. Dis donc, Sébasse, tu ne serais pas en train de me tricher avec Thivierge ?

— Il n'y a pas de trichage là-dedans.

— Tu avais bien dit que tu me soutiendrais aux élections ?

— J'ai dit que je soutiendrais le meilleur chrétien.

— Ah ! Je vois ! Et alors tu es allé dire à Popo combien j'avais donné.

— C'est lui qui a demandé.

— Tiens, tiens ! Et tu ne trouves pas ça un peu indiscret ?

— Il n'y a pas d'indiscrétion dans les affaires du bon Dieu. Tous les catholiques ont le droit de savoir.

— M'ouais, passons ! Mais il y a autre chose que je ne saisis pas très bien. Tu m'avais dit que ça coûterait trente mille. Tu as reçu douze mille, puis dix-huit mille. Ça fait bien trente mille. Pourquoi distu que tu as presque réuni les fonds ?

— Oh ! Tu sais, dans le domaine de la construction, il y a toujours des imprévus. Et puis l'entrepreneur me dit qu'il vaudrait mieux faire la nouvelle toiture en tôle galvanisée. Ça dure bien plus longtemps, mais c'est plus cher.

— Tu n'y vas pas de main morte avec l'argent des paroissiens !

— Mon devoir est de le gérer au mieux.

— Au fait, c'est qui, l'entrepreneur ?

— Samson Côté.

— Côté ? Il vote pour Thivierge.

— Peut-être, mais c'est un excellent catholique.

— Il est dur en affaires. Prends plutôt Germain Latour.

— Je sais. Il vote pour toi. Et tu lui donnes tous les contrats de la municipalité.

— C'est bien normal, entre amis. De toute façon, je peux prouver que ses devis sont toujours moins chers que ceux de Côté.

— Le drainage du terrain de l'école a dû être recommencé deux fois…

— Ça, c'est à cause du ministère de l'Éducation qui fait toujours trop baisser les prix. On ne peut pas faire du bon travail pour un salaire de misère ! En tout cas, la rénovation de la caisse populaire, c'est Latour qui l'a faite, il y a dix ans, et ça tient toujours.

— Il avait intérêt. Le gérant de la caisse lui finance tous ses matériaux à des taux préférentiels.

— Ça, c'est la *business*. Mais revenons à nos moutons. Écoute-moi bien, Sébasse, je vais te proposer un marché. D'abord, je vais t'en donner sept mille de plus. Comme ça, je serai en avance sur Popo.

— Gus ! Ce genre de lutte n'est pas très catholique.

— Tout doux ! Commence pas à chasser les marchands du temple ! Ton boss s'en est déjà occupé. il y a deux mille ans. Et il ne s'est pas fait que des amis.

— Ne l'appelle pas mon boss ! Il s'agit de Notre Seigneur Jésus-Christ.

— Écoute-moi au lieu de prêcher. Donc, tu as trente-sept mille dollars en caisse. Tu laisses tomber Côté, et moi je vais voir Latour et je lui fais baisser ses prix. Disons jusqu'à vingt-cinq. Ça te laisse douze mille de profit pour tes bonnes œuvres et en échange, je promets à Latour qu'il continuera à avoir les contrats de la mairie.

— Pour ça, il faut que tu sois réélu.

— Tu comprends vite ! Bien sûr, qu'il faut que je sois réélu. Et c'est justement là que tu interviens. Tu me donnes tout ton appui, et l'affaire est dans le sac.

— Je vais réfléchir…

— Prends toujours les sept mille piastres.

TROIS

Radio-Canada

Gilbarte est vraiment un poupon adorable. Pendant le temps des fêtes et tout le mois de janvier, elle a tété avec appétit toutes les deux heures. Rosa, Julia et Grosse Lulu ont dû se relayer nuit et jour. Maintenant, bébé mange du solide et fait ses nuits. Quand la température le permet, elle demande la porte et fait ses besoins dehors. Son teint s'est amélioré : elle est maintenant d'un beau rose indien chaleureux, et ses zébrures se sont accentuées. Elle a gardé ses admirables yeux bleus et ses longs cils.

Gilbarte pèse cinq kilos. Il faudra la mettre à la diète, sinon son ventre va bientôt traîner à terre. Mais, à vrai dire, c'est surtout à cause de ses pattes qui ne grandissent pas.

— Un cas de nanisme, a diagnostiqué Popo, qui peut se montrer savant quand il est question d'élevage porcin. C'est les cartilages qui n'ossifient pas, alors les os, ils peuvent pas allonger, puis les pattes restent courtes. Ça, c'est un cochon qui fera pas ben, ben de jambon. Toute façon, c'est pas grave, puisqu'on la vendra pas.

— Il y a un remède ? s'inquiète Julia.

— Non, ça se soigne pas, c'est génétique, pontifie Popo. Puis d'toute façon, je ferai pas venir le vétérinaire pour un radet. Elle coûte déjà assez cher à nourrir. Mais t'as pas à t'en faire, Julia. Gilbarte, elle pourra vivre normalement. Y a juste qu'elle marchera avec le péteux au ras du chemin. On meurt pas pour ça.

****

Grosse Lulu a relevé le défi que lui avait lancé son père de faire le train à sa place. Voici comment cela s'est passé.

Le lendemain du jour de l'adoption de Gilbarte, Popo se lève à cinq heures, comme d'habitude. La routine le tient et il ne pense déjà plus à la gageure. Dans la cuisine, il trouve Grosse Lulu qui achève de déjeuner.

— Tiens ! T'es levée, toi ? T'es pas malade ?

— Dis-moi pas que tu as déjà oublié. Aujourd'hui, c'est moi qui soigne les cochons.

— T'as vraiment pris ça au sérieux ?

— Certain, que j'ai pris ça au sérieux. Aujourd'hui je fais tout l'ouvrage, et toi, tu viens pas t'en mêler.

— Je peux ben venir te regarder…

— Ah non ! Je veux être toute seule.

— Je peux ben te donner un coup de main.

— J'en veux pas, de coup de main. Sinon ça serait tricher. Après ça, tu viendrais dire que j'aurais pas pu le faire toute seule. Je veux montrer que je suis capable. Tu avais promis !

— C'est vrai que tu avais promis, appuie Julia.

— Bon, toi aussi, t'es levée ? C'est pas une heure pour des femmes.

— Les femmes, ça se lève à l'heure que ça veut !

— Bon ! V'là Rose de Lima qui s'en mêle. Ben puisque t'es debout, prépare donc la soupe.

Rosa sort le chaudron du réfrigérateur et le pose sur le poêle à grand vacarme.

— Aujourd'hui, c'est toi qui réchauffes la soupe, puisque t'es en congé.

— Ben toi, alors, qu'est-ce que tu vas faire ? Te recoucher ?

— Oh non ! Tu serais bien capable d'en profiter pour aller écornifler du côté de la maternité. Je prends ma douche, puis je viens déjeuner avec toi. Et quand Lulu reviendra, on ira tous ensemble voir comment elle s'en est tirée.

— D'ailleurs, il faut que j'y aille, dit Grosse Lulu. Je prends tes raquettes, popa, il y a trop de neige dans le chemin. Je l'ouvrirai avec le tracteur en revenant.

— À c't'heure, a va se mettre à chauffer le tracteur comme un homme ! gronde Popo.

Et Grosse Lulu sort avec un seau et tout un bataclan de balais, brosses, torchons et produits d'entretien. Popo allume à regret le poêle en dessous de la soupe et se met à marcher de long en large en grommelant comme un goret.

— Tu ne pourrais pas t'asseoir, popa ? reproche Julia. Tu me fais tourner la tête !

— Avec toutes vos inventions, j'sais pus quoi faire de mon corps, moi. Un cultivateur, c'est fait pour travailler !

— Tu travailleras tantôt. Tu n'avais qu'à rester couché. Allume plutôt la télévision et viens t'asseoir. Ça te calmera.

Popo, ne sachant que faire d'autre, obéit. Il écoute la météo et quelques informations qu'il commente en grognant, se lève pour éteindre le poêle quand le couvercle du chaudron se met à danser. Et alors, il mange. Beaucoup. Enfin, une occupation qui est dans l'ordre des choses. Il mange deux fois plus que de coutume et Rose de Lima, revenue fraîche et pimpante, lui en fait la remarque.

— Faut ben que je m'occupe à quelque chose.

— C'est pas bon de tant manger quand tu ne t'es pas ouvert l'appétit en travaillant une couple d'heures, dit Julia, qui surveille sa ligne. Si tu fais ça, tu vas faire du mauvais gras et tu pourras plus bouger. Comme Pierre Elliott.

— Pierre Elliott, y fait faire des cochons à mes truies. Il l'a, son occupation, puis il la fait bien.

— T'as qu'à faire comme lui ! glousse Julia.

— Tu veux une claque, p'tite effrontée ?

— Julia ! Manque pas de respect à ton père.

— O.K. ! Prenez pas ça pour vous. C'était juste pour faire une farce.

— Comparer ton père à un verrat, c'est pas des farces catholiques.

— D'accord, je m'excuse ! J'aurais pas dû ! Moi, tout ce que j'essaie de faire, c'est de détendre l'atmosphère. On est tous là, nerveux comme des poux, juste parce que c'est Lulu qui travaille. Il n'y a pas de quoi commencer une chicane.

— Grosse Lulu, c'est toute ma vie qu'elle tient entre ses mains.

— Eh bien justement, Népomucène ! Tu ne crois pas qu'il était grand temps que ça arrive ? Ce n'est plus un bébé, ta fille. Et toi, tu n'as plus vingt ans. Il va falloir que quelqu'un prenne la relève.

— Es-tu en train de me dire que Lulu va faire mon travail tous les matins ?

— Si elle s'en montre capable, pourquoi pas ?

— Ouais, puis moi, j'vais faire quoi, pendant ce temps-là ?

— Tu fendras du bois, tu ouvriras les chemins, tu achèteras un camion et tu iras livrer tes cochons toi-même, au lieu de payer les autres pour le faire, tu feras des réparations dans la maison au lieu de payer le menuisier, le plombier, l'électricien... Et surtout, tu t'occuperas de gagner tes élections !

Popo, quand on lui parle d'économies et d'élections, il se calme toujours. Il a l'habitude d'abandonner une conversation où il n'aura pas le dernier mot. Il se rassoit devant la télévision. Heureusement, il y est question d'un ministre péquiste qui s'est fait prendre dans un conflit d'intérêts. Le sourire lui revient aussitôt. Il déclare que même Pierre Elliott serait plus honnête que ce mormon-là. D'ailleurs, il attaquera bientôt Morpion sur des questions d'intérêts...

****

Grosse Lulu est revenue vers huit heures au volant du tracteur. Le chemin est donc ouvert pour l'inspection prévue.

— Ç'a pris du temps ! critique Popo.

— Normal, y avait de l'ouvrage en retard.

— Veux-tu dire que j'fais pas bien mon travail ?

— Ben non ! Tu le fais super bien, ton travail. Ce que je veux dire, c'est qu'il va falloir être deux. C'est devenu trop grand pour un seul homme.

— Comme ça, t'as pas l'intention de prendre ma place ?

— Ben non, popa, tu sais bien. Jamais je ne t'enlèverai ta raison de vivre.

— Et t'as fait quoi, pendant tout ce temps ?

— La routine, puis d'autres choses... Je n'ai d'ailleurs pas fini, mais je ne pouvais plus attendre. J'ai trop hâte de te montrer mon travail. Je prends un bol de soupe, puis on y va ?

Chose qu'on n'a jamais vue, Popo sert lui-même sa fille. Il la dévisage même avec un regard qu'il n'a jamais eu pour elle. On dirait presque de l'admiration.

— T'as pas trouvé ça dur de te lever avant le jour ?

— Du tout ! Je suis prête à le faire tous les matins.

— Pourtant, d'habitude...

— D'habitude, j'ai rien au programme. À ton âge, popa, on ne dort pas, le matin. À mon âge, ça dépend. Quand on n'a rien à faire, on reste au lit...

— Ça fait deux fois, aujourd'hui, qu'on me dit que j'ai pus vingt ans.

— T'as plus vingt ans certain ! Tu en as cinquante ! Et tu n'as pas de gars pour reprendre la ferme familiale. Alors, il va falloir te contenter de ta fille.

— J'avais quarante ans quand mon père m'a laissé la terre.

— Mais à quinze ans, tu faisais déjà tout le travail. Grand-papa t'a laissé l'ouvrage et il a continué à diriger. Et quand il n'a plus été capable, il t'a laissé la place. Tu n'as qu'à essayer la même chose avec moi. Et si ça ne marche pas, je m'en irai.

— Puis, tu feras quoi dans vie ?

— Je me marierai avec un cultivateur. Et celui-là, il ne sera pas mon père. Alors, tu peux être sûr que je vais le former à ma façon.

— Je vois ça d'ici. Il aura besoin de marcher drette !

— Mets-en. Chaque fois que je verrai une toile d'araignée dans la soue, y couchera sur le sofa du salon.

Popo éclate de rire.

— Ah ben sacramouille ! Toi, il n'y a pas de doute, t'es ben une Thivierge ! Ton mari, il a pas fini d'y goûter.

****

Toute la famille s'est accrochée au tracteur et Grosse Lulu en a profité pour ouvrir l'autre côté du chemin.

La porcherie est étincelante. On se croirait dans un hôtel cinq étoiles ! Les planchers de l'entrée et du bureau ont été balayés et lavés. Ça sent le propre. Le bureau est rangé, les cendriers sont vidés, la poubelle est nette, les vitres sont claires.

— Faudra que je mette des rideaux ; ça fera plus intime.

Dans la maternité, tout est beau et les cochons ne manquent de rien. Plus une tétine d'abreuvage ne goutte et les dalots ont été lavés.

— Il y a Grosses Foufounes qui a cochonné.

— Combien ?

— Dix-huit. C'est une bonne mère.

— Pas de radet ?

— Si, un. Il était mort. Je l'ai mis dehors, comme ça, ça ne puera pas et Grosses Foufounes ne risque pas de le manger. Une bonne truie comme ça, faut pas lui laisser prendre de mauvaises habitudes.

— T'as bien fait.

— Et alors, popa, qu'est-ce que tu en penses ? Je suis capable ou je ne suis pas capable ?

— T'es capable, ma fille. T'es capable en sacramouille !

— Ben alors, intervient Rosa, dis-lui, que tu es fier d'elle.

— J'admets. J'suis fier de toi, ma grosse. J'suis ben fier de toi. Mais je vais faire quoi, moi, tous les matins, si ma fille me fait tout mon ouvrage ?

— Tu vas venir avec moi, popa, et on travaillera ensemble. Y a de l'ouvrage pour deux, tu vas voir. Et ça libérera moman pour s'occuper de la maison. Elle non plus, elle n'a plus vingt ans. Et puis maintenant qu'on sera deux dans la soue, ça te laissera du temps libre pour gagner tes élections.

— Alors comme ça, j'suis d'accord !

****

Ça y est ! Radio-Canada a répondu. Ils vont venir en début de mars filmer Gilbarte. Bien sûr, on a déjà eu les honneurs du *Lien paroissial*, l'hebdo de Sainte-Esclarmonde. Popo aurait mieux aimé garder la primeur pour Radio-Canada, mais une indiscrétion de Rosa a suscité un reportage de la gazette locale. Il fallait s'y attendre, vu que le directeur du journal n'est autre que Fernand Latendresse, le frère aîné de Rosa.

Comme Fernand est aussi le rédacteur en chef, le directeur de la publicité, le photographe et le journaliste du *Lien paroissial*, il s'est chargé en personne de révéler au public la merveille de Sainte-Esclarmonde, le cochon-mauve-tigré-aux-yeux-bleus-avec-de-longs-cils. Il en est résulté ce petit joyau de littérature :

Le cochon miracle de Sainte-Esclarmonde.

Par Fernand Latendresse.

Dans la maternité de M. Népomucène Thivierge, notre ancien maire et candidat aux prochaines élections, contre son rival, le maire actuel, M. Augustin Moore Pion, est né, le 23 décembre, un animal fabuleux qui pourrait bien révolutionner tous les standards de la race porcine. Il s'agit d'une jeune truie, répondant au nom de Gilbarte, et qui, selon les experts en génétique, est le produit d'une étonnante mutation sans précédent. Le jeune animal arbore une étonnante couleur mauve ornée de rayures d'un noir profond. L'heureux propriétaire de l'étonnant suidé, notre ami bien connu, Népomucène Thivierge, éprouve une fierté bien légitime devant l'étonnant produit de son élevage. "J'ai l'intention de sélectionner la race, nous a confié l'heureux producteur porcin. Et j'en ferai la génitrice d'une étonnante lignée de porcs familiers. Le porc nouveau, par sa taille réduite, son éton-nante intelligence et son sens étonnant de la propreté, est destiné à supplanter les chiens malcommodes et les chats trop indépendants comme animaux familiers dans nos maisons. “

Sur la vignette, on peut voir, à l'arrière-plan, Népomucène Thivierge, heureux propriétaire du jeune phénomène, son épouse, Rose de Lima Latendresse, et leur fille Lucienne. À l'avant-plan, Julia, leur fille cadette, tenant dans ses bras l'étonnant porcelet.

Un reportage de Fernand Latendresse.

Sur la vignette, on remarque surtout Popo, sanglé dans l'habit qu'il s'est fait faire pour sa première élection, sa femme et ses filles. Le fermier s'est efforcé de se tenir droit, de prendre un air martial très sûr de lui, et de ne pas mettre le doigt dans son nez au mauvais moment. Cela donne l'image parfaite de la famille unie, paisible et rassurante. Une bonne image électorale. De Gilbarte, par contre, on ne distingue pas grand-chose. Mais au fond, c'est fort bien ainsi. Le public demeure en haleine, et la vérité éclatera plus tard à la télévision.

Popo, reconnaissant, a tenu à inviter son beau-frère à souper, malgré la dépense, après la parution du *scoop.*

— Dis donc, Farnand, tu crois pas que t'as un peu trop abusé du mot étonnant dans ton article ? J'ai compté, ça revient huit fois.

— Laisse faire Fernand, intervient Rosa. Il connaît son métier. C'est un écrivain, Fernand.

— Merci, Rosa, approuve l'homme de lettres. Il ne faut pas avoir peur de répéter un mot percutant. C'est ainsi qu'on gagne l'attention du lecteur. En passant, c'est avec ce genre de style qu'on fait de bons articles électoraux. Tu vas en avoir besoin bientôt, Népomucène. Compte sur moi.

— Ben merci, Farnand, t'es ben chic. Avec un artiste comme toi, on va le planter, le Morpion.

— Moi, je trouve, mon onc' Fern, qu'on ne voit pas assez Gilbarte sur la photo, reproche Julia.

— C'est de la technique journalistique, ça, ma petite Julia. Il ne faut jamais trop en montrer dans un premier article. Comme ça, les lecteurs sont intrigués. Ils se posent des questions. Ils appellent au journal. Et dans l'édition suivante, tu publies un super reportage sur deux pages. Photos couleur, témoignages, historique de la famille...

— Fais pas ça trop vite, demande Popo. Oublie pas que Radio-Canada vient filmer le 3 mars pour la télévision. Ils ne vont pas aimer ça, si tu leur voles la vedette.

Fernand, conscient (et flatté) du tort irréparable qu'il pourrait ainsi occasionner à l'organe national d'information, accepte, magnanime, de faire des concessions.

— D'accord, Popo, je ne leur couperai pas l'herbe sous le pied. Entre confrères, il faut savoir se respecter, même si les confrères sont des libéraux.

— J'aimerais ça que tu sois là, Farnand, quand la télévision sera ici.

— Compte sur moi, Popo ! Je serai ton conseiller. À nous deux, on mettra les médias dans notre poche. Et on gagnera les élections.

****

Trois camions dans la cour, Radio-Canada est là. Depuis neuf heures, la maison est envahie par une bande de mormons habillés comme des voyous et à peine polis. Ils n'attendent même pas d'être présentés, ils t'envoient un grand salut ! et prennent possession des lieux. Et je te tasse les meubles ! Et je t'installe cinquante-six projecteurs ! Et je te colle des fils au plancher ! Et je te place des caméras ! Et je te fais des essais de micro ! On dira ce qu'on voudra, la télévision, c'est pas discret quand ça s'installe.

Popo est sur les charbons ardents. Depuis cinq heures et demie, il étouffe dans son habit gris, avec la cravate bleue. Il s'est levé à quatre heures, a pris une douche, bien qu'on ne soit pas samedi et, pour la première fois de sa vie, a décidé de son plein gré de ne pas mettre le pied dans la soue.

À treize heures, l'animatrice arrive. Une femme ! Joliane de la Prucheraie. Tu parles d'un nom. Pourrait pas s'appeler Thivierge, comme tout le monde ? Elle serre la main à Popo, s'entretient un peu trop longuement avec Rosa, demande enfin qui sera son interlocuteur.

— Comment ça, qui ça sera ? C'est moi qui ai mis Gilbarte au monde, puis c'est moi qui parlerai !

— D'accord, monsieur Thivierge, c'était une question purement administrative.

Un long dialogue s'ensuit. Joliane prend des notes. Popo parle surtout de sa campagne électorale. Joliane le ramène constamment dans le vif du sujet. Un technicien s'approche, il faudrait faire un essai vidéo avec Gilbarte.

— Gilbarte est dans le bureau de la maternité, pour qu'elle se fasse pas trop déranger par les préparatifs. Julia, va donc chercher Gilbarte ! Y veulent faire des essais avec elle. Fais ben attention qu'elle prenne pas froid.

Julia file chercher sa protégée. On attend dix minutes. Julia revient en larmes.

— Popa ! Gilbarte a disparu !

QUATRE

Brebis égarée

Le reportage de Radio-Canada a été caustique. Il est passé, après les nouvelles, en complément d'information. Popo n'avait pas compris que, dès que la journaliste commençait à s'entretenir avec lui, tout était filmé et enregistré. Le montage a fait le reste.

En soixante secondes, on découvre que Rosa est le cerveau de la famille, que ses filles ont de qui tenir, que Popo est borné et ne pense qu'à tirer profit de l'entrevue pour asseoir sa campagne électorale, et que son argument majeur, un cochon mauve, a disparu. On le voit aussi se gratter, mettre ses doigts dans son nez, tirer sur sa cravate, lancer des regards éperdus à sa femme... On ne se gêne pas, en ondes, pour en faire des gorges chaudes. C'est le gag du bulletin de nouvelles. Puis on redevient sérieux et on passe à la météo...

****

Morpion est mort de rire. Thivierge s'est couvert de ridicule sur les ondes de Radio-Canada.

Pensez donc, il croyait fonder sa campagne électorale sur un cochon mauve !

Gilbarte, qu'un comparse du maire était allé dérober dans la soue de Popo, repose sur les genoux de Gus. Elle a confiance. Du moment qu'on s'occupe d'elle, Gilbarte est toujours prête à donner son affection sans marchander. Elle contemple son ravisseur de ses grands yeux candides, grogne de satisfaction et se love bien au chaud.

— Sais-tu, ma cochonne, que toi et moi, nous allons faire de grandes choses ensemble ? Mardi prochain, dans la grande salle de réunion de l'aréna, je lance ma campagne. Je n'ai pas pu avoir la salle des Chevaliers de Colomb, tu penses bien. Ceux-là, ils prennent pour Thivierge ! Et le curé n'a pas voulu me prêter le sous-sol de l'église. Tu te rends compte ? Il a dit qu'il ne pouvait pas montrer trop ouvertement sa préférence pour un candidat. Hypocrite ! Mais moi, j'ai fait opposition à mon dernier chèque, on verra bien ce qu'il dira de ça, demain matin.

Gilbarte, bercée de douces paroles, se désintéresse de la politique et s'endort. Son maître du moment n'en poursuit pas moins son monologue.

— Mardi, ma belle, je t'emmène avec moi. Tous mes électeurs seront là. Et aussi les hésitants qui auront vu l'émission de Radio-Canada. Et aussi les écornifleux à Thivierge. Je vais faire les choses en grand, tu vas voir. Poulet barbecue pour tout le monde, comme si on était en été. Et bière à volonté. Je te jure qu'ils ne regretteront pas d'être venus. Que penses-tu de ma tactique ? On prend un coup, on se bourre la bedaine, et on vote pour Gus. La recette est infaillible, crois-moi. Un moment, j'ai pensé te faire cuire au four, avec des oignons et des patates brunes, juste pour niaiser Thivierge, mais il aurait pu m'accuser de vol. Et puis, franchement, tu ne fais pas le poids. Je veux qu'il y en ait pour tout le monde. Et puis aussi, je te réserve un meilleur rôle… Après la bouffe, je leur ménage une surprise. D'abord, je leur expose les grandes lignes de ma politique, ensuite je leur dévoile sur quoi Thivierge voulait baser la sienne : toi ! Tu te rends compte ? Vouloir se faire élire parce qu'on a réussi à produire un radet. Il ne s'en remettra pas, je t'en fais la promesse. Et ce n'est pas une promesse électorale.

****

— Qu'est-ce qui t'arrive ? crache Goupillon avant même d'avoir ôté ses bottes. Le directeur de la caisse m'a dit que tu avais fait arrêter ton chèque.

— C'est la vérité, mon cher Sébasse ! Pourquoi respecterais-je mon contrat si tu ne respectes pas le tien ? Tu n'avais qu'à pas me refuser ton sous-sol d'église.

— Mais je t'ai expliqué, Gus, je ne pouvais pas.

— Ah non ? Eh bien alors, moi, je ne peux pas donner sept mille dollars à un gars qui veut prendre mes sous sans rien me donner en échange. Encore heureux d'avoir fait le chèque en date d'aujourd'hui pour me donner le temps d'analyser ton attitude.

— La prochaine fois…

— Quelle prochaine fois ?

— J'imagine qu'il y aura une assemblée conjointe avec, comme on dit, un combat des chefs...

— Ouais, je vois ça. Tu prêteras généreusement ton sous-sol aux deux candidats, comme ça personne ne saura de quel côté tu penches ! Tu sais ce que tu viens de faire, curé ? Tu viens de perdre sept mille dollars et un entrepreneur pas cher.

— Et si je te prête mon sous-sol pour ta prochaine réunion ? Je veux dire, pas pour le combat des chefs ?...

— Une réunion rien que pour moi ?

— Rien que pour toi.

— Et j'afficherai ce que je voudrai ?

— Ce que tu voudras.

— Et la salle des Chevaliers de Colomb ?

— Quoi, la salle des chevaliers de Colomb ?

— Ouvre donc les yeux ! Popo est chevalier, moi pas. Il aura la salle tant qu'il la voudra, moi pas.

— Je ne peux rien faire...

— Oh si ! C'est qui, le Grand Chevalier ?

— Adrien Goupil.

— Et voilà ! Adrien Goupil. Autrement dit, ton frère.

— Qu'est-ce que ça change ?

— Ça change que tu peux très bien lui faire admettre qu'il doit prêter la salle à tous les candidats, pour que chacun ait sa chance de se faire entendre.

— En vertu de quel principe ?

— La Libre-pensée, peut-être ?

— Augustin ! Tu parles comme un franc-maçon !

— Les francs-maçons, s'ils avaient une salle à Sainte-Esclarmonde, ils me la prêteraient.

— Tu dis n'importe quoi ! Si tu étais chevalier de Colomb, comme un bon catholique, tu l'aurais quand tu veux, la salle.

— Et si je devenais chevalier ?

— Tu ferais pas ça ?

— J'y songe. En fait, j'hésite.

— Comment ça, tu hésites ?

— Entre les francs-maçons et les chevaliers.

— Mais il n'y a pas à hésiter !

— Si je faisais ma demande, tu crois que...

— Fais-la d'abord, on verra après.

— Ouvre-moi la salle, on verra après.

— Laquelle ?

— Les deux !

— Je vais essayer.

— N'essaie pas. Fais-le !

— Bon, je vais y travailler. Et pour les sept mille dollars ?

— Les salles d'abord, les piastres après.

— Tu es dur !

— Je suis en campagne électorale.

Le curé s'apprête à repartir, vaincu, quand un grognement caractéristique indique que Gilbarte, bien cachée dans sa boîte de carton, derrière le poêle, commence à avoir faim.

— Ah ! Je vois, dit Goupillon.

Et le curé prend congé sans rien ajouter.

****

L'aréna Aurélien-Thivierge. Il porte le nom du père de Popo, maire qui, à l'époque, fit voter les budgets pour construire le stade d'hiver destiné à occuper sainement la jeunesse désoeuvrée. La salle Maximilien-Moore. Du nom du père de l'actuel maire, qui l'a fait installer afin de recevoir les assemblées utiles à la vie de la paroisse. Et surtout pour disposer d'une salle non assujettie au curé ou aux Chevaliers de Colomb...

Maintenant, les murs sont tapissés d'affiches et de banderoles à l'effigie de Gus. Derrière le podium, s'étale une gigantesque caricature représentant Popo, le visage mauve zébré de noir, regardant de ses yeux bleus les caméras de Radio-Canada.

Le maire fait de grands discours en gesticulant et hurlant dans l'appareil de sonorisation. Il n'y a qu'un micro, mais il est puissant.

Il y a des périodes de questions, où les intéressés peuvent s'avancer et faire valoir leur point de vue. Mais ils doivent le faire sans micro, et souvent, le brouhaha de l'assistance ou les interruptions de Gus leur coupent la parole.

Popo, qui était discrètement assis au dernier rang, se manifeste. On se tait dans la salle. On s'attend à une croustillante joute oratoire. Popo sort un papier de sa poche et commence à lancer des chiffres. Il reproche à Morpion de donner la préférence, pour tous les contrats de rénovation ou de construction, à son ami et protégé, Germain Latour. Samson Côté coûterait moins cher et le travail serait mieux fait.

Gus s'empresse de réfuter, chiffres à l'appui.

— J'ai donc servi au mieux les intérêts de la paroisse, conclut-il. Mais vous ne savez pas le meilleur. Mon honorable adversaire ici présent a décidé d'appuyer sa campagne électorale sur la chose la plus stupide et la plus inutile. Pour ceux et celles qui n'auraient pas vu le reportage de Radio-Canada, j'ai l'honneur de vous présenter, mesdames et messieurs, la directrice de la campagne électorale de monsieur Népomucène Thivierge, j'ai nommé Gilbarte. Que l'on fasse entrer Gilbarte !

Un assistant quitte les lieux et revient aussitôt, porteur d'une grosse boîte de carton.

— Voleur ! crie Popo. Tu m'as volé Gilbarte pour me nuire. T'es pas honnête.

— J'ai rien volé du tout, plaide Morpion. La pauvre bête, laissée sans surveillance, s'était échappée de ta soue. Je l'ai recueillie au bord du chemin, à moitié gelée.

— Menteur !

— Mesdames et messieurs, je vous signale que mon adversaire, à court d'arguments, vient de me traiter de voleur et de menteur. Je préfère ignorer les insultes. Montrez donc Gilbarte et rendez-la à son propriétaire, en espérant qu'il s'en occupera un peu mieux, à l'avenir.

L'assistant ouvre la boîte, l'air important. Il y plonge un regard sidéré et en extrait un bloc de ciment.

— Monsieur le maire, on a volé Gilbarte !

****

Un brouhaha confus s'est emparé de la salle. Des rires fusent. Quelques huées aussi. On s'amuse bien. On commence à s'intéresser davantage à la mystérieuse Gilbarte qu'aux candidats à la mairie. Morpion a bredouillé dans son micro et des sifflets l'ont fait taire. Popo a redemandé la parole, n'a pu l'obtenir et s'est retiré avec dignité et mépris.

Un jeune homme s'avance et prend place dans l'allée. Grand, mince, il a les cheveux attachés en queue de cheval. Il porte une veste d'armée et des jeans. Il lève la main pour demander la parole. Personne ne le connaît. La curiosité s'installe. Le silence revient.

Morpion, qui a perdu toute superbe, empoigne le micro et lance rageusement :

— Qu'est-ce tu veux, toi ?

— D'abord, qu'on me parle poliment !

Des rires et des applaudissements accueillent la réponse du nouveau venu. Morpion, qui a eu son content de surprises, prend fort mal la chose.

— Si t'es venu pour faire des farces, va-t'en chez vous !

— Les farces, c'est votre spécialité. Moi, je veux parler de vraie politique.

Tonnerre d'applaudissements. On commence à chahuter Morpion qui n'en mène pas large. Les yeux lui sortent de la tête et son teint se compare à celui de Gilbarte. Mais en bon politicien, il sent que le vent tourne dangereusement et décide de reprendre la situation en mains. Aussi, questionne-t-il avec beaucoup de diplomatie :

— Ouais, bon ! T'es qui, toi ?

— Mon nom est Bélanger. Jean-Guy Bélanger. Je suis nouveau dans la paroisse. J'ai racheté la terre d'Évariste Lampron.

— Le rigolo qui élevait des lapins ?

— Rigolo toi-même, lance quelqu'un dans l'assistance.

— J'habite la paroisse depuis plus d'un an, poursuit Bélanger, j'ai vingt-quatre ans et je jouis donc de tous mes droits électoraux.

— Ouais, bon ! C'est quoi, ta question ?

— Je préfère que vous me disiez vous et je n'ai pas de question.

— Alors tu es venu pour me donner des leçons de politesse ?

— Non, de politique.

— Ah ouais ! Et comment allez-VOUS faire ça, môssieur le nouveau venu ?

— En posant ma candidature, monsieur le maire.

— Ta candidature à quoi ? Pas à la mairie, toujours ?

— Si, monsieur le maire.

— On n'a jamais vu ça ! éructe Morpion. Un petit nouveau qui veut diriger la paroisse. Depuis que je suis au monde, le maire a toujours été un Moore ou un Thivierge, des gars de chez nous !

— Justement ! Il faut que ça change. Être maire à Sainte-Esclarmonde n'est plus qu'une vieille querelle entre deux familles. Il est temps de penser aux intérêts des contribuables.

****

Le curé Goupil déguste avec le bedeau, Cyrille Boisvert, la dernière cuvée de vin de messe.

— Il est bon, apprécie le bedeau.

— Excellent ! Le meilleur qu'on ait goûté depuis longtemps. Il faudra que tu ailles m'en chercher une caisse de douze. Tu l'achèteras à Saint-

Sigisbert, ça évitera de faire jaser les paroissiens. Et tu prendras l'argent dans la petite caisse, comme ça, les marguilliers ne pourront pas nous reprocher de trop dépenser en vin de messe.

— J'irai cet après-midi, monsieur le curé.

Le saint homme se penche pour contempler Gilbarte qui dort en chien de fusil derrière le poêle.

— Tu as bien fait de soustraire ce curieux animal à la partisanerie politique, approuve Goupillon. Qu'on se batte pour des idées, c'est dans l'ordre des choses, mais qu'on le fasse sur le dos d'une pauvre créature, ce n'est pas catholique. Nous la garderons provisoirement et je la remettrai à Moore quand il aura renoncé à ses exigences.

L'intelligente truie, comprenant qu'on parle d'elle, ouvre les yeux, bat des cils et grogne son amour inconditionnel.

— Va falloir la nourrir, monsieur le curé.

— Sors-la d'abord, qu'elle fasse ses besoins.

Cyrille Boisvert obéit, ouvre la porte à Gilbarte, la referme et reprend place devant son verre.

— Ne la laisse pas trop longtemps dehors, il fait froid.

— Ça lui prend juste deux minutes, monsieur le curé.

— Bon, mais pas plus longtemps. Quelqu'un pourrait la voir.

Boisvert boit son verre et se lève pour aller récupérer la promeneuse. Il tarde à revenir. Goupillon, qui commence à trouver le temps long, sort à son tour et hèle son homme de main. Il le voit accourir, hors d'haleine.

— Monsieur le curé, Gilbarte a disparu !

****

Goupillon chapitre sévèrement son bedeau.

— Il ne faut à aucun prix que le scandale éclate. Il est certain que Gilbarte a été volée. J'ai vu, comme toi, les traces de pas à côté de celles de la truie. Si on nous reproche de l'avoir enlevée, à l'aréna, nous dirons que nous l'avons vue rôder près du cimetière et que nous l'avons recueillie par charité. Tu as bien compris ?

— Oui, monsieur le curé ! Je dirai comme vous, bredouille Cyrille.

— Si Moore apprend que nous sommes dans le coup, il refusera de payer pour le toit de l'église.

— Allez-vous lui prêter le sous-sol ?

— Bien sûr, puisqu'il ne risque plus d'être élu !

— Et Thivierge ?

— À mon avis, il n'a plus aucune chance non plus. Les deux se sont rendus ridicules et ont perdu la confiance des électeurs. Il va falloir qu'on s'intéresse à ce jeune homme, Jean-Guy Bélanger.

— Vous ne le trouvez pas justement un peu jeune ?

— Ce n'est pas un défaut, bedeau. Est-ce qu'il vient à la messe ?

— Je ne l'ai jamais vu.

— J'irai lui parler. Il viendra.

****

Bélanger est allé déposer officiellement sa candidature à l'hôtel de ville.

Quand nous parlons d'hôtel de ville, il faut entendre un bout de sous-sol loué par la caisse populaire à la municipalité. Cela comprend le minuscule bureau du maire et la salle du conseil, qui est en même temps celle des membres dirigeants de la caisse. Quant à la secrétaire du maire, madame Lachance, une retraitée bénévole, elle travaille à domicile par manque d'espace.

Madame Lachance, consciencieuse, s'est dérangée personnellement pour faire signer les papiers d'usage au nouveau candidat. Jean-Guy a accompli la démarche avec la plus grande courtoisie, ce qui a beaucoup plu à la vieille dame.

Sa surprise a été grande lorsqu'un quatrième candidat à la mairie s'est présenté.

CINQ

La campagne

Morpion a réuni son comité électoral chez lui. Les rangs sont clairsemés, depuis que quatre conseillers municipaux sur sept ont décidé de faire campagne comme indépendants. Bref, on est cinq. En comptant madame Lachance, qui n'est là que comme personne-ressource. En tant qu'employée permanente, elle ne fait pas de politique. Bref, on est quatre. Trois personnes ont confirmé leur appui au maire sortant. Trois personnes qui lui sont liées par trop d'intérêts et qui n'ont d'autre choix que de vaincre ou mourir avec lui.

— Les rats quittent le navire, gronde Morpion, d'humeur massacrante.

— Il faut dire qu'on a reçu un coup dur à l'aréna, commente Martin Beaudry, le gendre de Morpion, qui espère reprendre un jour la terre du beau-père.

— Je t'avais bien dit de laisser Gilbarte tranquille, ajoute Jules Ducharme, le conseiller des Travaux publics.

— Dis donc, Jules, t'es avec moi ou contre moi ?

— Avec toi, Gus, tu sais bien.

— Alors, ce n'est pas le temps de faire mon procès ! On a perdu des plumes à la bataille, il faut les récupérer d'urgence ! Comme ça, madame Lachance, nous avons trois candidats ?

— Ah ! non, monsieur le maire. Nous en avons quatre, maintenant.

— Comment ça, quatre ? rugit Morpion.

— Je n'ai pas eu le temps de vous prévenir. Un quatrième s'est inscrit. Voici sa candidature.

Morpion arrache la feuille de papier des mains de sa secrétaire.

— Gérard Lapalme ! Pas lui ! De ce côté-là, aucun danger ! C'est un farceur, genre idéaliste. Il n'aura pas deux pour cent des voix.

— Peut-être, mais il risque de ramasser les votes des indécis, suggère Gaston Binette, le fils de l'entrepreneur en asphaltage.

— Ceux-là, je crois qu'ils voteront plutôt pour Bélanger. Au fait, les deux nouveaux ont-ils réuni des équipes, fondé des partis ?

— Oui, monsieur le maire. L'un et l'autre.

— Ah bon ! Expliquez-nous ça !

— Bélanger a fondé le Parti vert. Un parti écologique, comme il se doit. Il est en train de former une équipe. Tous des jeunes comme lui. Autant d'hommes que de femmes.

— Il n'a aucune chance ! Je vois ça d'ici, il va vouloir interdire les antibiotiques, les pesticides et les engrais chimiques. Aucun cultivateur ne votera pour lui. Et l'autre, qu'est-ce qu'il manigance ?

— Lui, c'est assez différent !

— Différent ?

— En fait, ce n'est pas vraiment lui, le candidat. Il agit au nom de quelqu'un d'autre.

— Qui ça ?

— Euh ! J'hésite à vous le dire, monsieur le maire...

— Ben allez-y ! Je ne vais pas vous manger !

— En fait, il a fondé le Parti mauve. Et son équipe est au complet.

— Mais le candidat ?

— Gilbarte.

— Quoi ? Gilbarte ? Le radet à Thivierge ? Je commence à en avoir plein mon casque, moi, de Gilbarte ! Bien entendu, vous avez refusé la candidature ?

— Non, monsieur le maire.

— Comment, non ? Êtes-vous devenue folle, madame Lachance ?

— Non, je ne suis pas folle. J'ai lu et relu tous les règlements municipaux et provinciaux en matière d'élection. Rien n'interdit d'inscrire un animal.

— Ils vont nous refaire le coup du Parti rhinocéros ! De quoi on va avoir l'air aux yeux de la province ? Ces gens-là bafouent les institutions démocratiques les plus sacrées.

— Calme-toi, Gus, plaide Jules Ducharme. Ce n'est rien qu'une farce, et même pas originale !

— Farce ou pas farce, je n'en veux pas ! Je ne veux plus de farce dans la campagne électorale, qu'on se le dise ! Il y en a déjà eu trop, des farces. Les pitreries de Thivierge à Radio-Canada, ça m'a suffi.

— N'oublie pas, dit Jules, que si ça a reviré en pitrerie, c'est grâce à toi !

— Où veux-tu en venir ?

— Je veux seulement te prévenir d'être prudent, Gus. On pourrait t'accuser d'avoir kidnappé Gilbarte. Et puis n'oublie pas que, sur ton ordre, c'est moi qui ai fait le coup.

— Qu'ils essaient donc ! En attendant, je vais faire casser cette candidature ridicule.

— Sous quel motif, monsieur le maire ?

— Est-ce que je sais, moi ? ben tiens ! Son âge. Gilbarte n'a pas dix-huit ans, que je sache ?

— J'ai vérifié, monsieur le maire : il faut avoir dix-huit ans pour voter, mais pas pour être candidat.

— Dans ce cas, que Gilbarte vienne s'inscrire elle-même !

— Là aussi, j'ai vérifié. Une personne illettrée ou handicapée peut se faire représenter par un fondé de pouvoir, à condition que ce dernier soit muni d'une procuration en bonne et due forme.

— Et elle est où, cette fameuse procuration ?

— La voici, monsieur le maire.

— Mais c'est signé d'un X. Ce n'est pas valable !

— Si, puisque Gilbarte est analphabète.

— Je prouverai en cour que ce document n'est qu'un faux !

— Pour cela, il faudra faire témoigner Gilbarte.

— Et alors ? Je suppose qu'on peut faire citer un animal en cour comme témoin ?

— Non, monsieur, c'est interdit.

— Mais alors, c'est une véritable conjuration ! Ils veulent faire sombrer la politique dans le ridicule. Il faut à tout prix empêcher ça !

— C'est justement ce qu'ils attendent de toi.

— Là, je ne te suis plus, Jules. Explique-toi.

— Voyons, Gus, je te croyais plus fin politicien. À chaque tentative que tu feras pour casser la candidature de Gilbarte, tu gaspilleras ton temps et tes forces au lieu de t'occuper de ta campagne. Et d'un ! Le temps d'être entendu en cour, la campagne sera finie. Et de deux ! Ensuite, plus tu te choqueras contre Gilbarte, plus les électeurs riront de toi. Et de trois ! Tout ce que tu auras gagné, c'est de montrer à tout le monde que tu as peur d'un cochon.

— Moi, j'ai peur d'un cochon ?

— Oui, monsieur le maire, vous avez peur d'un cochon.

— Madame Lachance, je ne vous permets pas...

— Monsieur le maire, je veux seulement vous faire profiter de mon expérience. J'ai connu quatre maires à Sainte-Esclarmonde, et je peux vous dire qu'aucun ne l'a jamais emporté grâce à ses qualités personnelles.

— Et comment ont-ils fait, alors ?

— Ils ont écouté leurs conseillers sans se mettre en colère.

Morpion se lève d'un bond, fort enclin à étrangler sa vieille collaboratrice. Celle-ci, sans se démonter, poursuit.

— En tout cas, je sais ce que vous devez faire, mais si vous ne voulez pas m'entendre, je me tairai. Je suis politiquement neutre, vous le savez, et donc, je n'ai rien à perdre.

Morpion, abasourdi, se rassoit lentement, les yeux exorbités et le souffle court.

— Bon, d'accord, halète-t-il. Eh bien, conseillez-moi, madame Lachance. Conseillez-moi !

— Oh ! Mais c'est très simple. Demain, vous avez la salle du curé pour votre réunion. La candidature de Gilbarte n'a pas encore été annoncée officiellement, annoncez-la vous-même. Et avec le sourire !

— Mais les gens vont rire de moi !

— Ils riront, ça oui ! Mais pas de vous. Ils riront de votre humour. Je vous conseille même de souhaiter bonne chance à votre honorable adversaire et de l'inviter à venir s'exprimer. Et si elle se présente, serrez-lui la patte.

— Et je gagnerai quoi, à toutes ces pitreries ?

— Votre popularité, monsieur le maire. Votre popularité que vous n'avez plus depuis l'autre soir, alors que vous vous êtes fait voler Gilbarte et que vous avez perdu les pédales.

****

Gérard Lapalme essaie, depuis deux jours, d'apprendre à Gilbarte à faire la belle. Mais l'anatomie de la petite truie lui interdit ce genre d'exercice. Elle a les fesses si proéminentes qu'elle ne peut s'asseoir. Ses talons ne portent pas à terre et elle roule sur le côté.

De guerre lasse, son nouveau protecteur lui a montré un autre truc. Il la tient sous le bras et discrètement, lui pince le gras du ventre. Elle adore ça, parce que ça la chatouille. À chaque sollicitation, elle a appris à répondre par un grognement sonore, aussitôt récompensé par un morceau de sucre à la crème. Le but de l'exercice est d'amener Gilbarte à la prochaine assemblée politique et de la soumettre aux questions de ses opposants. Un grognement signifiera oui, deux grognements, non. Bien sûr, Gérard posera lui-même beaucoup de questions auxquelles Gilbarte s'empressera de répondre.

La nouvelle politicienne, intelligente quand on sait flatter sa gourmandise, est gavée de friandises et engraisse à vue d'œil. Mais elle connaît son rôle sur le bout des pattes !

****

Gérard Lapalme fait sortir Gilbarte dans un coin discret de son jardin, en la surveillant étroitement. Puis il l'installe bien au chaud dans sa cuisine et s'en va rendre visite au curé. Goupillon lui réserve un accueil plutôt réservé.

Le visiteur est petit, grassouillet, roux et mal rasé. Il est vêtu de couleurs criardes, comme un clown, pense le curé. Et ses manières sont à l'image de son accoutrement.

— Bonjour, jeune homme. Je ne crois pas vous avoir déjà rencontré...

— Moi, c'est Gérard, mais tu peux m'appeler Gerry, comme les copains.

Et Gerry saisit la main que le prêtre ne lui tendait pas et la secoue vigoureusement. Puis sans invitation, il prend une chaise et s'assoit. Goupillon, abasourdi par tant de sans-gêne, se résigne à en faire autant. Les deux hommes se dévisagent quelques secondes par-dessus la table de la cuisine.

— Et vous êtes monsieur Gérard qui ?

— Lapalme. Mais je vois que tu étais en train de prendre le café. J'en boirai une tasse, moi itou. Pas eu le temps à matin. Trop fêté hier soir. Avec la campagne électorale...

— Ah bon ! Vous êtes engagé dans la politique municipale ? Et dans quel parti ?

— Dans le mien. J'ai fondé le Parti mauve.

— Je ne suis pas au courant.

— Ce sera officiel aujourd'hui.

— Mais dites-moi, pourquoi un Parti Mauve ? Les partis, chez nous, sont traditionnellement bleus, rouges, accessoirement verts...

— C'est que moi, j'ai inscrit Gilbarte comme candidate.

— Ah ! Je comprends, dit Goupillon sans se démonter. Et je suppose qu'en ce moment vous hébergez votre petite protégée ?

— Exactement.

— Vous l'avez dérobée.

— Pas du tout ! Je l'ai trouvée.

— Cela reste à prouver, mais passons... Et que puis-je pour vous ?

— Me prêter la salle paroissiale pour ma campagne.

— Comme vous y allez !

— Pourquoi pas ? Tu la prêtes bien à Morpion ce soir.

— Moore est le maire sortant. Un homme sérieux. Il est normal que je l'encourage.

— Pourtant, c'est un mécréant ! Je verrais plutôt Thivierge dans ta salle.

— Mais Thivierge l'aura aussi. Et mercredi, justement.

— Alors, je vais la prendre jeudi.

— Ah non ! Il y a la réunion de l'AFEAS.

— Bon, ben vendredi, d'abord. Ça marche ?

— Il va falloir que j'y réfléchisse. Je ne suis pas du tout prêt à laisser mes locaux à des fantaisistes.

— Tu aurais tort de refuser. Ouvre-moi ta porte, et tes paroissiens diront que tu as l'esprit ouvert et le sens de l'humour.

— Monsieur Lapalme, j'ai avant tout l'esprit chrétien. Et je privilégie un humour de bon goût.

— Tu ne dois pas rigoler souvent ! s'esclaffe Gerry.

— C'est assez, monsieur Lapalme. Sortez d'ici !

— Pas si vite ! Moi, ça m'ennuierait d'être obligé de dire, ce soir à la réunion, que tu fais preuve de partisanerie en m'empêchant de m'exprimer comme les autres candidats.

— Et moi, ça m'ennuierait de dire que vous détenez Gilbarte.

— Mais je ne m'en cache pas. Où est le mal ? Je n'ai fait que recueillir une pauvre petite bête abandonnée. Par contre, je pourrais dire chez qui je l'ai trouvée.

— N'en faites rien ! Les gens sont si prompts à sauter aux conclusions.

— Surtout si je leur dis que j'ai vu ton bedeau voler Gilbarte à l'aréna.

— Ne nous détruisons pas mutuellement, monsieur Lapalme. Vous voulez la salle vendredi ? Eh bien, prenez-la. Après tout, je m'en lave les mains.

****

— Salut, Julia ! C'est justement toi que je voulais voir.

— Salut ! Tu es qui, toi ? Comment me connais-tu ?

— Moi, c'est Gérard Lapalme. Gerry. J'ai vu ta photo dans le journal. Je t'apporte des nouvelles de Gilbarte.

— C'est toi qui l'as volée !

— Non, Julia. Celui qui l'a volée voulait s'en servir pour faire du mal à ton père. Je l'ai reprise juste à temps. Je l'ai aussi réchauffée, nourrie, flattée, gâtée... Bref, elle ne manque de rien.

— Pourquoi ne l'as-tu pas rapportée ?

— Parce que je suis à pied. Gilbarte est pesante, et je ne peux pas la faire marcher. Il fait trop froid. Il ne faudrait pas qu'elle attrape la grippe.

— Je veux la voir !

— Viens chez moi quand tu veux.

— Tout de suite.

— D'accord !

****

Gilbarte ne saute pas dans les bras de Julia ; son embonpoint le lui interdit. Mais elle fait toute une fête à son amie. Ce ne sont que caresses, grognements et mots doux pendant cinq bonnes minutes. Jusqu'à ce que Gilbarte, épuisée, retourne se coucher contre le radiateur.

— Elle a l'air bien.

— T'inquiète pas, je suis aux petits soins pour elle.

— Un peu trop. Je trouve qu'elle a engraissé. Je la mets à la diète !

— Je m'en charge.

— Ah non ! Gilbarte est à moi ! Je l'emmène tout de suite.

— Il y a mieux à faire.

— Ça, ça m'étonnerait.

Et Gerry dévoile son plan à Julia. Réservée au début, elle se laisse peu à peu séduire par la bonne humeur de son hôte et par la gigantesque farce qu'il s'apprête à faire à la paroisse tout entière. Elle finit par accepter.

****

S'il y en a un qui est beaucoup moins coopératif, c'est bien Popo. Depuis que Julia lui a exposé son projet, il ne décolère pas. Il marche comme un ours de long en large en maugréant des menaces que personne n'écoute. Il a même sacré, chose inouïe chez ce bon catholique. Rosa et Grosse Lulu sont écroulées de rire et Julia, sagement assise, attend que passe l'orage.

— Comme ça, t'es complice de mes ennemis.

— Pas du tout, popa. C'est juste pour rire.

— Y a pas de quoi rire. Les élections, c'est du sérieux.

— Au contraire, dit doucement Rosa. Il y a beaucoup de jeunes électeurs dans la paroisse. Et ils ont tendance à trouver ça trop sérieux, la politique. Je suis sûre que plusieurs ne votent pas, rien qu'à cause de ça !

— Et tous ces p'tits comiques vont voter pour Gilbarte !

— Pas du tout. Il y aura une surprise, À la dernière minute, Gilbarte se désistera et recommandera à ses partisans de voter pour toi.

— Ouais, comme ça, c'est pas pareil. Oh ! Pis non ! J'veux pas devoir ma victoire à un cochon.

— Tu ne disais pas ça il y a quelques jours, quand Radio-Canada s'en venait.

— Parle-moi plus de Radio-Canada.

— Parlons-en, au contraire, intervient Grosse Lulu. Avec l'article de mon onc' Fern et le reportage de la télévision, ton image est liée à celle de Gilbarte. Il vaut mieux la récupérer et t'en servir.

— Et puis moi, j'ai aussi envie de faire de la politique.

— Toi, Julia ? De la politique ?

— Ben oui ! Gerry m'a proposé un poste de conseiller dans l'équipe de Gilbarte !

— Ah ! ben ça, c'est l'boute d'la m…

— Sois poli, Népomucène !

— Ma fille se prostitue en politique dans l'équipe d'un clown, et toi, tu me demandes d'être poli, sacramouille ! Et tu feras quoi, si t'es élue, p'tite malheureuse ?

— Ben toi, tu seras maire, alors moi, je travaillerai avec toi.

— Je préfère ne pas répondre. En tout cas, je ne veux pas de Gilbarte dans les élections. Je vais aller la récupérer chez le clown, puis je vais l'enfermer jusqu'après le vote !

— Mais popa, tu as tout à y perdre ! dit Grosse Lulu.

— J'vois pas ben comment !

— Mais réfléchis donc ! C'est vrai, il va y avoir beaucoup de farces dans la campagne. Profites-en pour mettre les rieurs de ton bord.

— Les clowns, tu veux dire.

— Les clowns tant que tu veux. Mais si tu tires la gueule aux clowns, les électeurs te prendront pour un vieux grognon, et ils voteront pour un autre.

— Lulu a raison, lance Rosa. L'électorat va être divisé. Tu risques d'être élu avec trente-cinq pour cent des voix, et d'avoir les deux tiers de la paroisse contre toi.

— Admettons ! Mais alors, je fais quoi, moi, pour Gilbarte ?

— Tu ne fais rien, popa, conseille Grosse Lulu. Attends de voir la réaction de Morpion ce soir. S'il se fâche contre Gilbarte, tu te lèves et tu souhaites bonne chance à la candidate, avec un grand sourire. Et si Morpion rit, tu ris encore plus fort, que tout le monde t'entende, pour bien montrer que tu comprends la plaisanterie. Un qui n'a pas l'air rigolo, c'est Bélanger ! Lui, je suis sûre que ça ne l'amusera pas. Il vient de perdre ses élections.

— Donc, conclut Julia, vous n'êtes plus que deux dans la course, comme au bon vieux temps. Que le meilleur l'emporte !

— Je suppose que c'est pas la peine de discuter. Allons donc jouer aux clowns avec les clowns. Mais j'y mets une condition…

— Laquelle ? s'inquiète Julia.

— Gilbarte revient ici dès demain matin. Elle est un produit de mon élevage, puis elle m'appartient. Puis les électeurs trouveront ça fair-play que j'héberge une concurrente sous mon toit !

Personne n'y trouve rien à redire.

SIX

Le combat des chefs

Popo laisse Grosse Lulu s'occuper de la soue et se précipite, dès potron-minet, chez Gérard Lapalme, qu'il tire du lit. Le gros rouquin, tout ébouriffé, traîne ses savates et ouvre après de nombreuses sollicitations.

— Ah ben ! mon honorable adversaire ! Salut, Popo, content de te serrer la main.

— Tu connais mon surnom ?

— Ben oui ! Comme tout le monde, bâille-t-il. T'es dur avec moi. Tu me sors du lit avant l'aube ! Si c'est ça, la politique...

— En politique, faut se lever de bonne heure.

— Bof ! Tu sais, moi, mon heure, c'est plutôt tard le soir...

— Oui, je sais ! Julia est rentrée à deux heures du matin...

— T'es pas fâché, j'espère ? Fallait bien qu'on fête le lancement de la campagne.

— Disons que j'vais passer l'éponge pour cette fois.

— T'es bien chic, Popo. Tu veux un café ?

— Non, merci. Moi, le matin, je prends de la soupe.

— J'en ai, si tu veux. Du bouillon de poulet en boîte. Je t'en prépare un bol ?

— J'dis pas non.

Popo s'attable et se met à dévisager le petit gnome en caleçon long qui gesticule dans la cuisine. Lui qui était venu, à son corps défendant, pour une manœuvre strictement politique, se détend peu à peu. Ce petit bonhomme a quelque chose d'irrésistible. On se croirait à un spectacle de marionnettes. L'éleveur finit par éclater de rire.

— Pourquoi rigoles-tu, Popo ?

— Parce que c'est toi qui me fais rire.

— Ah oui ? Comment j'ai fait ?

— T'as rien fait. C'est tes manières. Je trouve que t'as l'air d'un clown.

— Oh ! C'est gentil, ce que tu dis là, Popo ! Mais oui, je suis un clown, et j'en suis fier.

— Pas pour vrai ?

— Ben oui ! Julia ne t'a pas dit ?

— Non !

— Eh bien, oui ! Mon métier, c'est de faire rire les petits et les grands. Je fais du spectacle, et aussi des contrats privés. Je vais porter des bouquets de ballons aux anniversaires, j'anime des fêtes enfantines... Depuis peu, je fais de l'entartage.

— Tu fais quoi ?

— De l'entartage. Un truc nouveau qui s'en vient à la mode. Tu me paies, et je vais écraser une tarte à la crème sur la figure de qui tu veux. Si ça te tente, j'irai en coller une à Morpion !

— Bonne idée, applaudit Popo, qui rit comme il n'a jamais ri. Tu demandes combien ?

— Pour toi, Popo, c'est gratuit, puisque tu me prêtes Gilbarte en échange.

Popo reprend son sérieux. Il vient de se rendre compte qu'il est complètement tombé sous le charme de ce petit énergumène si drôle.

— Puisqu'on parle politique, j'aurais quelques détails à mettre au point avec toi.

— Tu ne vas pas reprendre Gilbarte ?

— Non, mais je veux qu'elle reste chez moi. Tu pourras en disposer quand tu voudras, mais Julia l'accompagnera. Pour surveiller. Pour pas qu'on se la fasse piquer une quatrième fois ! Toi, tu peux pas *pitcher* des tartes à la crème et veiller sur le cochon en même temps. Ça prend une spécialiste.

— J'ai rien contre, du moment que je peux amener Gilbarte aux assemblées.

— D'accord pour ça ! Alors en sortant d'ici, j'emmène Gilbarte, puis je te la ramène à l'heure que tu veux.

— Tu crois que ça vaut la peine ?

— Si je rentre sans Gilbarte, mes filles vont me tuer.

— Si les deux ont le tempérament de Julia, je comprends tes craintes.

— Julia, c'est rien à côté d'ma plus vieille. Et ma femme ne laisse pas sa place non plus.

— Bon, alors, pas de problème ! On obéit à tes femmes.

— En parlant de ce soir, je voudrais qu'on discute stratégie.

— Si tu veux, Popo, je t'écoute.

Et les deux hommes, pourtant si dissemblables, discutent longuement, gesticulent et rient souvent. Deux larrons en foire. Bientôt, ils abandonnent le café et la soupe pour un petit coup de brandy. Il est bien onze heures quand Popo rejoint ses pénates, Gilbarte sous le bras, et la face éclairée d'un radieux sourire.

Gilbarte, heureuse de retrouver sa famille, fait la fête. Rosa prend Popo à part.

— Népomucène, qu'est-ce qui t'arrive ? Il y a bien vingt ans que je ne t'ai pas vu aussi joyeux. Raconte-moi vite !

— Attends que les p'tites aient fini de retrouver Gilbarte. Je veux que tout le monde entende.

Gilbarte, qui sait se montrer exubérante, se fatigue pourtant vite et ne tarde pas à retrouver sa boîte de carton derrière le poêle.

Popo s'attable et ses femmes s'empressent de l'encadrer.

— Raconte, Népomucène ! Il t'est arrivé quelque chose. Et tu sens la boisson.

— Ouais ! J'ai pris un p'tit brandy. Mais c'est pas pour ça que j'suis de bonne humeur. Rose de Lima, apporte donc la bouteille de bleuet et des p'tits verres. Pas les tout p'tits comme pour la visite paroissiale !

— Mais qu'est-ce qui se passe ? Attends-tu du monde ?

— J'attends personne. On prend un p'tit bleuet rien qu'entre nous.

— On n'a jamais fait ça !

— C'est aujourd'hui que ça commence.

— Mais d'où viens-tu, comme ça ?

— De chez mon meilleur partisan. Gérard Lapalme. Gerry le Clown !

— Pourtant tu ne l'aimais pas, jusqu'à ce matin.

— Non, je ne l'aimais pas. Et j'ai fait exprès d'aller le trouver à six heures du matin. Juste pour le sortir de son lit.

— Mais raconte, popa, s'impatiente Julia. Raconte !

— C'gars-là, c'est le gars le plus drôle que j'aie jamais rencontré. Je trouvais que c'était rien qu'un clown, eh ben, j'avais raison. C'est un vrai clown. Un professionnel. Et y m'a fait rire. Rire. Même quand il veut être sérieux, y me fait rire. Gerry, c'est mon ami ! À partir de maintenant, y travaille pour moi.

— Il n'abandonne pas la campagne de Gilbarte ?

— Ben non, surtout pas ! À c't'heure, la campagne à Gilbarte et la mienne, c'est pareil. Et moi puis Gerry, on va saboter celle à Morpion. Il est foutu, Morpion ! Mesdames, vous avez devant vous le futur maire de Sainte-Esclarmonde.

— Tu as l'air bien sûr de toi, popa, explique.

— Ah non, c'est un secret ! Vous avez qu'à venir à la réunion ce soir, au sous-sol de l'église. Faut qu'on soit là à six heures pour les préparatifs.

— Quels préparatifs? C'est une assemblée à Morpion.

— Ça nous empêche pas, moi puis Gerry, de la préparer pareil.

****

Quand Augustin Moore arrive, à sept heures, avec son discours sous le bras, il est accueilli par un étrange rassemblement. Un camion, équipé d'une génératrice, illumine une immense pancarte représentant la petite truie mauve. On peut y lire en lettres démesurées :

Népomucène Thivierge,
Votre candidat favori,
Souhaite la plus cordiale bienvenue
À sa nouvelle concurrente,

GILBARTE

Une bande de joyeux drilles déguisés et maquillés font mille et une facéties pour amuser la galerie. Ce sont les copains de Gerry. L'un joue du saxophone, l'autre du violon. Il y a des jongleurs, des acrobates, des contorsionnistes...

— Qu'est-ce que c'est que cette bande de rigolos ? demande Morpion à Popo. Ton équipe ?

— Ben non ! C'est l'équipe à Gilbarte. Tu dois ben être au courant, Gilbarte, elle se présente.

— Ouais, je suis au courant, maugrée Morpion. Comment t'as su ça, toi ? C'était pas rendu public.

— Moi ? Par une indiscrétion politique. Une fuite, comme y disent... Tu voulais garder ça pour toi tout seul, hein, mon ratoureux ? Annoncer la candidature à Gilbarte pour mettre les rieurs de ton bord.

— Comment t'as su ça ?

— Je viens de te l'dire : une indiscrétion politique. Une fuite, comme y disent.

Morpion n'a pas le temps de répliquer. Une superbe tarte à la crème, habilement propulsée par Gerry le Clown, s'écrabouille sur sa figure, l'emplâtrant du toupet jusqu'à la ceinture. Il s'essuie comme il peut, essaie de se cacher en voyant crépiter les flashes des photographes, se rue dans sa jeep et file. Sans doute pour se changer. En courant, il a perdu son discours, qu'un clown s'est empressé de ramasser. Ça fera du matériel électoral pour Popo...

Les spectateurs ne sont pas encore nombreux. Une vingtaine au plus, mais on peut compter sur eux pour aller le raconter.

— Au fait, demande Popo à Gerry, comment t'as fait pour savoir que Morpion voulait présenter Gilbarte ?

— Indiscrétion politique, mon cher. Une fuite, comme ils disent...

Hier encore, une telle réponse aurait fait monter Popo sur ses grands chevaux. Au lieu de ça, il rit à gorge déployée.

Les partisans de Morpion commencent à affluer. Ils sont accueillis, non pas par leur candidat, mais par un Popo hilare, ce qu'on n'a jamais vu, par Gilbarte dans les bras de Julia, et par une bande de comiques qui ne ménagent pas leurs effets.

— Qui a organisé ça ? demande plus d'un arrivant. Moore ?

— Non, pas Moore, répond-on. C'est une initiative conjointe de ses adversaires pour rendre sa réunion plus amusante.

On rit et on s'engouffre dans la salle.

****

Sept heures et demie. Morpion ne va pas tarder. Les clowns sont allés se démaquiller en hâte dans le camion et ont pris place dans l'auditoire. On annonce l'arrivée du chef. Il entre dans un soudain silence et gravit les degrés de l'estrade. Quelqu'un crie splash, et Morpion se protège instinctivement le visage. La salle croule aussitôt sous les rires et il faut bien cinq minutes pour que le maire, qui s'efforce au calme, puisse prendre la parole, après avoir lancé de nombreux s'il vous plaît dans son unique micro.

— Mesdames et messieurs, je vois que la joie règne dans le camp de mes adversaires et je peux vous assurer que je partage cette joie.

Gerry en profite pour chatouiller le ventre de Gilbarte qui, bien dressée, crie aussitôt à pleins poumons. Nouvelle cascade de rires. Morpion garde son calme et poursuit.

— Je tiens à m'associer personnellement à mes concurrents pour souhaiter la meilleure chance à mon adversaire, Gilbarte. J'aimerais seulement que cette aimable demoiselle attende la période de questions pour prendre la parole ! Merci !

Quelques rires soulignent cette dernière phrase.

— Attention, souffle Popo à son comparse, si le monde commence à rire de ses farces, on est foutu.

— T'inquiète pas, Popo ! Laisse-le parler un peu, et puis on fait comme on a dit.

Morpion, qui n'est pas venu pour rigoler, entame son discours. Sans papier. Programme financier, amélioration des services, aide à l'enfance et au troisième âge... Vient enfin la période de questions. Bélanger s'avance, un dossier à la main. Il se met à parler pollution, recyclage...

Les spectateurs, mis en appétit par les facéties des clowns, commencent à trouver le temps long et les discours ennuyeux.

— Hoïnk ! Hoïnk !

— J'ai demandé à Gilbarte de bien vouloir attendre son tour, intervient Morpion, un peu crispé.

— C'est pas Gilbarte, proteste Julia. C'est une imitation.

Un concert de cris porcins souligne l'intervention. Bélanger essaie de poursuivre. Le chahut s'intensifie. Bélanger retourne à sa place. Gerry, aussitôt, s'avance, Gilbarte sous le bras.

— Ah ! dit Morpion, s'efforçant de sourire. Je vois que madame la présidente du Parti mauve désire prendre la parole.

Tonnerre d'applaudissements. Puis un silence recueilli. Personne ne veut rien perdre du spectacle.

— Hoïnk ! déclare Gilbarte.

— Qu'est-ce que tu as dit, Gilbarte ? questionne Gerry en collant l'oreille contre le groin mauve. J'ai pas très bien compris !

— Hoïnk ! Hoïnk !

— Oui ? Tu crois vraiment ?

— Hoïnk ! Hoïnk ! Hoïnk !

— Bon, ben d'accord, si tu veux.

— Pourrait-on avoir une traduction ? s'impatiente Morpion.

— Monsieur le maire, Gilbarte trouve injuste que vous seul ayez un micro. Elle en veut un aussi. Pas vrai, Gilbarte ?

— Hoïnk ! Hoïnk ! Hoïnk ! Hoïnk !

— Vous voyez bien, monsieur le maire, Gilbarte veut de la démocratie.

— C'est malheureusement impossible, je ne dispose que d'un seul micro.

La moitié de l'assistance se met à grogner tandis que l'autre moitié scande : un micro pour Gilbarte ! Un micro pour Gilbarte ! Morpion essaie d'apaiser le public par le geste, n'y parvient pas, capitule et fait signe à Gerry de monter sur le podium.

— Merci, monsieur le maire. Gilbarte, dis merci à monsieur le maire !

— Hoïnk ! Hoïnk !

Et Gerry s'empare du micro. Homme de scène accompli, il sait comment s'en servir et ne tarde pas à s'imposer.

— Voilà, monsieur le maire, Gilbarte est nouvelle dans la paroisse et ne parle pas encore notre langue. Mais moi, je la comprends et elle me comprend. Alors je servirai d'interprète. Pour plus de facilité, je demanderai qu'on ne lui pose que des questions auxquelles elle pourra répondre par oui ou par non. Je ne voudrais pas abuser du temps qu'on nous consacre.

— C'est déjà fait ! ne peut s'empêcher de lancer Morpion qui a repris le micro.

Un nouveau tollé de grognements l'oblige à battre en retraite.

— Alors voilà, poursuit Gerry. On va faire un essai pour prouver que ça fonctionne sans supercherie. Je vais demander à Gilbarte si elle aime le sucre à la crème.

Le clown se penche vers sa compagne et lui lance à l'oreille une longue suite de cris plus porcins les uns que les autres.

Gilbarte a entendu la question. Elle va maintenant répondre. Si elle fait hoïnk une fois, ça veut dire oui. Deux fois, ça veut dire non. Vas-y, Gilbarte, réponds à mon onc' Gerry !

— Hoïnk !

— Elle a dit oui ! Et pour prouver qu'elle ne ment pas, je lui offre un beau morceau de sucre.

Gilbarte gobe la friandise et la mastique à grand bruit.

— Vous voyez ! Gilbarte comprend tout ce qu'on lui dit. Avez-vous une question à lui poser, monsieur le maire ?

— Non, je vous laisse achever votre petit numéro.

— Tu l'aimes, ton mon onc' Gerry ?

— Hoïnk !

— Moi aussi, je t'aime, vocifère Gerry en plaquant un gros bec sur le nez de la truie. Et monsieur le maire ? L'aimes-tu, monsieur le maire ?

— Hoïnk ! Hoïnk !

— Ah ? Tu ne l'aimes pas ? Mais pourquoi ? Il est très gentil, monsieur le maire. Il t'a donné un beau micro.

— Hoïnk ! Hoïnk ! Hoïnk ! Hoïnk !

— C'est pas vrai ?

— Hoïnk ! Hoïnk ! Hoïnk ! Hoïnk !

— Vous ne savez pas ce qu'elle a dit, monsieur le maire ? Qu'elle ne vous aime pas parce que vous l'avez kidnappée.

— Je ne l'ai jamais kidnappée ! Je l'ai trouvée sans surveillance, abandonnée dehors.

— Et vous ne saviez pas que Gilbarte faisait partie de la famille Thivierge ?

— Non, je l'ignorais.

— Hoïnk ! Hoïnk ! Hoïnk ! Hoïnk ! Hoïnk !

— Gilbarte dit que ce n'est pas ça que vous disiez à votre dernière réunion. Et mon onc' Popo ? L'aimes-tu, mon onc' Popo ?

— Hoïnk !

Applaudissements dans la salle. Popo, selon un scénario préparé d'avance, traverse en direction du podium, l'escalade sans y avoir été invité et, d'autorité, saisit le micro. Il sort un papier de sa poche, le défroisse soigneusement et se met à lire en suivant les lignes du doigt.

— Monsieur le maire, chers électeurs de Sainte-Esclarmonde, j'accablerai pas davantage mon adversaire qui a déjà eu une soirée ben chargée. Je poserai pas de question à madame Gilbarte qui est de santé fragile et a besoin de repos. Tout ce que je veux vous dire, c'est que je vous attends demain soir, même heure, pour donner la retar... la rétarpie... la RÉPARTIE (coudon, Julia, quand t'écris mes discours, emploie donc des mots que tout le monde comprend !) à mon honorable adversaire.

Il replie son papier, dévisage la foule et lance d'une voix vibrante :

— Et maintenant, chers électeurs, mes collaborateurs vont vous distribuer des tickets à la sortie. Chaque ticket vous donnera droit à une consommation à la salle des Chevaliers de Colomb, après la réunion. Toi aussi, Morpion, t'es invité ! Ben où il est, Morpion ?

Mais Morpion n'est plus là. Écrasé par un humour qu'il n'a pu maîtriser, une tarte à la crème qu'il n'a pu digérer et une petite truie mauve qu'il n'a pu éveiller à la politique, il a préféré chercher son salut dans la fuite...

SEPT

Derniers combats

La soirée a été longue, chez les Chevaliers de Colomb. Les tickets de consommations ont été vite épuisés, mais Popo a veillé à ce que personne ne meure de soif. Ça lui a coûté un bras, mais la politique a ses exigences.

Les clowns ont fait un excellent numéro et Popo, à son tour, a eu droit à un entartage. Il riait tellement quand il a vu arriver la tarte qu'il en a avalé la moitié.

Rose de Lima, Grosse Lulu et Julia étaient là, accompagnées, bien entendu, de Gilbarte.

Rosa a confié à son époux qu'elle ne l'avait pas vu aussi joyeux depuis le jour de leurs noces. Les filles ont ajouté qu'elles découvraient en leur père un merveilleux boute-en-train.

Gilbarte, que les mondanités fatiguent, s'est retirée derrière le poêle. Julia, craignant un nouveau rapt, s'est tiré une chaise près de sa protégée et l'a veillée jalousement toute la soirée.

Le Grand chevalier, un peu inquiet, a essayé de savoir si une tarte à la crème lui était destinée. Gerry lui a répondu que, malheureusement, il n'en avait plus. Le Grand chevalier n'a su que penser de cette réponse ambiguë.

****

Le printemps s'annonce et le temps doux a permis aux clowns de Gerry de prendre place devant l'entrée de la salle paroissiale dès deux heures de l'après-midi. Il ne faudrait quand même pas que Morpion leur remette le coup de la veille.

Mais Morpion ne paraît pas et les amuseurs s'en donnent à cœur joie pour divertir les enfants. Popo a financé une gigantesque distribution de bonbons et de ballons. Les mamans qui les accompagnent ne manqueront pas de dire à quel point il a le souci de la jeunesse.

Et puis, c'est la soirée. Morpion ne s'y présente pas. Bélanger non plus. Popo a abandonné son bel habit et porte sa salopette de tous les jours. Il a fait installer deux micros, un pour lui, et un pour les participants. Il expose sobrement son programme et sollicite les questions. Comme il rencontre peu d'opposition, il prend le temps de se livrer à quelques facéties en posant des questions à Gilbarte qui trône près de lui, dans les bras de Gerry. La truie, gavée de sucreries, ne se fait pas prier pour répondre, au grand plaisir de l'assistance, dans laquelle on remarque la présence de nombreux enfants.

Un fait inattendu vient jeter un moment de désarroi. Radio-Canada est là. En équipe réduite, cette fois. Joliane de la Prucheraie, un caméraman et un technicien. Popo les reçoit froidement.

— Vous voulez encore rire de moi ?

— Pas du tout, monsieur Thivierge. On nous a simplement avisés que Gilbarte avait été retrouvée, et nous avons décidé de suivre cette intéressante affaire.

— Ah ouais ? Qui c'est qui vous a prévenue ?

— C'est moi, Népomucène, dit Fernand Latendresse en s'efforçant de paraître dans le champ de la caméra.

— Pourquoi t'as fait ça ?

— Entre collègues, il faut bien s'entraider, répond Fernand en souriant de toutes ses dents à l'objectif.

— Et pourrons-nous interviewer la célèbre Gilbarte, cette fois-ci ?

— Tant que vous voudrez.

Bref aparté entre Popo et Gerry le Clown.

— Fais ton numéro, Gerry. Faut que Gilbarte paraisse en gros plan, cette fois.

— Et toi, Popo, colle-toi contre moi, qu'on te voie la face.

Et le trio vient s'installer devant la caméra.

— Madame la réalisatrice, j'ai ben le plaisir de vous présenter madame Gilbarte, mon honorable adversaire, candidate à la mairie de Sainte-Esclarmonde, et son organisateur politique, monsieur Gerry le Clown.

— Enchantée de vous rencontrer, madame Gilbarte, ponctue la journaliste. Pouvez-vous nous résumer les grandes lignes de votre programme ?

Gerry réédite son numéro de questions réponses et traduit les grognements de sa partenaire.

— Mon programme tient en trois points : interdiction de manger du cochon dans la paroisse, ouverture de toutes les soues et libération de tous les cochons, obligation pour tous les citoyens d'accueillir deux cochons dans son salon.

— Mais ne trouvez-vous pas ce programme un peu...cochon ?

— Si, tout à fait. Mais les humains et les cochons se ressemblent tellement qu'ils finiront bien par s'entendre. La paroisse sera désormais gouvernée par une association humains-cochons. Je m'empresse d'ajouter que les porcs auront désormais le droit de vote.

— Et que pense monsieur Népomucène Thivierge du danger que représente pour lui la populaire Gilbarte ?

— On est en démocratie. Faut que tout le monde ait sa chance. Si Gilbarte est élue, je promets de l'assister de mon mieux.

— Et qu'en pensent les autres candidats ? Messieurs... Moore et Bélanger, si mes renseignements sont exacts.

— Oh ! Ceusses-là ! Ils entendent pas à rire. Ils sont pas venus.

— Hoïnk ! Hoïnk ! Hoïnk ! Hoïnk ! Hoink !

— Ben qu'est-ce que tu as, ma Gilbarte ? T'aimes pas ça, la télévision ?

— Hoïnk !

— Elle dit qu'elle adore Radio-Canada. Mais alors, qu'est-ce qui se passe, ma chérie ?

— Hoïnk ! Hoïnk ! Hoïnk !

— Oh ! Mon Dieu ! Gilbarte se sent malade.

— Hoïnk !

— Coup de théâtre, madame de la Prucheraie. Gilbarte dit qu'elle ne se sent pas assez forte pour assumer la mairie. Elle se retire et donne tout son appui à son ex-adversaire Népo-mucène Thivierge, ici présent. Elle demande à tous ses supporters de voter pour lui.

— C'est en effet un rebondissement inattendu, commente la journaliste. Qu'en dites-vous, monsieur Thivierge ?

— Je remercie ben chaleureusement Gilbarte pour sa confiance, puis j'y propose, aussitôt que sa santé ira mieux, un poste de collaboratrice à l'hôtel de ville.

La journaliste fait signe de couper le tournage et s'adresse à Popo.

— Je crois que cette fois, nous tenons un excellent reportage. Bien meilleur que le dernier, en tout cas. Mais je suis venue prendre le pouls de la campagne électorale dans Sainte-Esclarmonde, et je ne peux partir sans avoir rencontré messieurs Moore et Bélanger.

— Pensez-vous que c'est ben nécessaire ?

— Tout à fait indispensable.

— Bon, ben je vais essayer de vous arranger ça.

Popo donne des ordres. On se précipite au téléphone, on revient avec des résultats.

— Voilà, madame. Mes adversaires sont prévenus. Ils devraient pas tarder.

Morpion fait son entrée, un dossier sous le bras. Il a l'air lugubre et son visage ravagé révèle qu'il a pris une brosse pour se consoler de son fiasco de la veille. Bélanger, raide comme la justice, le suit comme son ombre. Le tournage reprend.

— Et vous, monsieur Moore, quel est votre programme ?

— L'aide à l'enfance et aux personnes âgées...

— Et pour les cochons, que comptez-vous faire ?

— Je n'en prendrai certainement pas un dans mon salon, si c'est ça que vous voulez savoir !

— Et vous, monsieur Bélanger, vous ne semblez pas non plus goûter le comique de la situation ?

— Il n'y a rien de comique quand la paroisse est rongée par la pollution et l'érosion des terres arables. Et puisque Gilbarte se joint à l'équipe de monsieur Thivierge, j'ai décidé d'en faire autant et de donner mon appui et mon suffrage à monsieur Moore.

— Nouveau rebondissement. Mais monsieur Moore est cultivateur de maïs, si je ne m'abuse. N'est-il pas l'un de ceux qui polluent par les produits chimiques et provoquent l'érosion des terres arables par la culture intensive ?

— Et Thivierge, intervient Morpion, il ne pollue pas, avec ses cochons ?

— Gilbarte puis moi, on travaille déjà à un plan de dépollution de l'élevage porcin !

— Gilbarte est un porc, donc elle pollue !

— Hoïnk ! Hoïnk !

Depuis quelques instants, des grognements ont commencé à éclater ça et là. Gilbarte, très expressive, se joint au concert. En quelques instants, le vacarme devient si assourdissant que Joliane, hilare, fait arrêter le tournage. Morpion, peu soucieux d'affronter le charivari, a un geste peu gracieux. Il se retire, suivi d'un Bélanger digne et imperturbable. Le chahut cesse aussitôt et le tournage recommence.

— Donc, conclut Joliane, la situation politique esclarmondaine vient de s'éclaircir sous nos yeux. Nous avions quatre candidats au début de l'émission ; il n'en reste que deux.

— Trois !

— Nouveau coup de théâtre ? Je vois une dame s'avancer. C'est elle, je crois, qui vient de dire trois ! Approchez-vous, madame, et dites-nous qui vous êtes.

— Thérèse Lachance. Depuis ce matin, je suis candidate à la mairie de Sainte-Esclarmonde.

— Quel âge avez-vous, madame Lachance ?

— Soixante-douze ans.

— Ne croyez-vous pas que vous êtes un peu âgée ?

— Venez faire du jogging avec moi, et vous verrez si je suis âgée !

— Et que faites-vous, dans la vie ?

— Institutrice retraitée. Et secrétaire de la mairie.

— Donc, vous êtes bien au courant des affaires municipales ?

— J'ai travaillé pour quatre maires. Deux Thivierge et deux Moore. Et je connais les dossiers comme ma poche. Ce matin, j'ai enregistré ma candidature et déposé ma lettre de démission comme secrétaire.

— Mais pourquoi ce geste, madame Thérèse Lachance ? Condamneriez-vous cette campagne électorale humoristique ?

— Oh ! Non, ma petite ! Oh non ! Je n'ai jamais autant ri de ma vie. J'ai tellement ri que je n'ai pu m'empêcher d'y prendre part. Gilbarte est délicieuse et Gerry le Clown, irrésistible. Et monsieur Thivierge est devenu, à leur contact, un des personnages les plus sympathiques de la paroisse.

— Et votre programme ?

— Il est fort simple, Joliane. D'abord, je reprends le meilleur des programmes de mes adversaires. Ces galopins ne sont quand même pas tout à fait nuls. J'y ajoute la participation des femmes dans la gestion de la paroisse. Enfin, je ferai voter un petit budget pour l'entretien de Gilbarte, qui est devenue une des grandes personnalités esclarmondaines.

— Bravo ! crient quelques femmes.

— Thérèse, tu vas pas me faire ça ?

— Oh ! si, mon petit Popo, je vais te faire ça. Si je suis élue, je vais te regretter, mais j'espère que tu seras toujours à mes côtés pour m'aider. Et si c'est toi qui l'emportes, je te promets de reprendre mon poste de secrétaire et de t'assister de mon mieux. Je connais par cœur toutes les gaffes de tes prédécesseurs, et les tiennes, et celles de Moore. Je t'empêcherai de les répéter. Je t'aime bien, mon petit, et je pense que tu pourrais faire un bon maire si tu étais bien conseillé. Mais je pense aussi que je ferais une meilleure mairesse que toi ! Et puis il est grand temps qu'une femme vienne mettre un peu d'ordre à Sainte-Esclarmonde !

— Eh ben je te souhaite bonne chance, ma Thérèse ! Et si t'es élue, moi puis Gilbarte, on fera de notre mieux pour t'aider.

— Merci, Popo, tu es un bon garçon !

****

Le dîner est fort enjoué, chez les Thivierge, le lendemain. Rosa a fait rôtir une dinde et Popo a autorisé une bouteille de vin. Autour de la table, il y a la famille Thivierge au grand complet, Gerry et Thérèse Lachance. On fraternise entre adversaires. Morpion et Bélanger ont été invités, mais ont décliné.

— Tant mieux, commente Popo. Les pisse-froid ont rien à faire dans ma cuisine !

— Tu ne m'en veux pas, Popo ?

— Ben non, Thérèse, tu peux être sûre ! T'as ben du bon sens et j'suis fier de t'avoir comme adversaire.

— Tu me surprends, dit Rosa. D'habitude, tu n'aimes pas que les femmes se mêlent des affaires publiques.

— Thérèse, c'est pas pareil. Dans le fond, c'est elle qui m'a élevé. Mon père, il me respectait pas. Y disait que j'étais un bon à rien ! Y m'a laissé la terre parce qu'il avait pas d'autre gars. Sinon je l'aurais pas eue. Thérèse, à la p'tite école, elle me comprenait. Quand elle voyait que j'avais trop de misère, elle m'envoyait bûcher du bois pour le poêle. Pour me défouler. Puis elle me gardait après la classe pour me donner des leçons particulières. C'est grâce à elle que j'ai fini mon primaire.

— Et Morpion, Thérèse, tu lui as fait la classe, à lui aussi ?

— Bien sûr, Gerry. Lui, c'était le contraire, il voulait toujours être le premier. Par n'importe quel moyen.

— Alors ça remonte à loin, la rivalité ?

— Oh oui ! Ça remonte aux grands-pères qui se battaient déjà pour la mairie.

— J'ai ben compris ça depuis quelque temps, confesse Popo. Si je voulais être maire, c'était juste pour pas laisser la place à Morpion. Maintenant, j'en ai même plus envie. J'crois que je vais abandonner, comme Gilbarte. Comme Bélanger.

— Fais pas ça, dit Gerry. On commence à peine à s'amuser.

— Ne fais pas ça, dit Thérèse. Si tu renonces, je n'aurai plus aucune opposition. Je serai élue sans même m'être battue. Ce n'est pas sérieux !

— T'as déjà vu quelque chose de sérieux dans cette campagne, toi ?

— Mais oui ! intervient Julia. Le rire est une chose très sérieuse. La preuve, c'est que Gerry en a fait son métier.

— Ta fille a raison, ajoute Gerry. On ne riait pas assez, à Sainte-Esclarmonde, avant que je ne m'en mêle.

— T'as qu'à te présenter à la mairie !

— T'es fou, Popo ?

— Pas si fou que ça ! commente Grosse Lulu.

— Non, ça ne marche pas. Je n'aurais pas le cœur à me battre. Tu es devenu mon ami, Popo, et toi aussi, Thérèse. Je veux bien me battre avec vous, mais pas contre vous. Et puis toi, Popo, qu'est-ce que tu vas faire si tu n'es pas réélu, comme tu l'avais rêvé ?

— Tu veux que je te dise ? J'vais apprendre toutes les p'tites ficelles du métier à ma Grosse Lulu. Pour qu'elle puisse reprendre la terre. Pis je vais réparer la maison pour faire plaisir à Rose de Lima. Pis je vais en construire une deuxième pour quand la Grosse se mariera. Et Julia, elle aura celle-ci quand Popo et Rose de Lima seront pus là. Puis en attendant, je vais aller à pêche puis à chasse. Puis je vais apprendre à jouer au golf. Voilà ce que je vais faire, sacramouille !

— Réfléchis quand même un peu.

— Oui, je vais réfléchir. Demain, ma décision sera prise.

— Demain, il y a relâche dans la campagne. Vendredi, c'est mon jour. J'ai emprunté la salle du curé.

— Il a accepté ? T'as dû payer cher !

— Pas une cenne. Je lui ai juste un petit peu tordu le bras. Alors demain, Popo, je me lève de bonne heure, je viens te voir, tu me conseilles pour ma réunion, et tu me dis ta décision.

— Je serai là aussi, dit Thérèse.

— D'accord, accepte Popo. Mais je veux que Morpion et Bélanger soient là aussi.

— Toi, t'as une idée derrière la tête ! remarque Julia.

— Ça se pourrait ben !

— Je m'occupe de monsieur le maire, dit Thérèse. Il n'osera pas me refuser ça.

— Et moi, je me charge de Bélanger, dit Grosse Lulu. Il me faisait de l'œil, l'autre jour, j'aurai pas de misère à le convaincre.

— On peut les inviter à dîner, Rose de Lima ?

— J'allais te le proposer, Népomucène.

— Alors rendez-vous ici pour tous les candidats à la mairie. Dîner électoral sans discours. Réunion amicale, sacramouille ! Et sans farce.

— Vraiment sans farce ? s'inquiète Gerry.

— Seulement des farces qui font rire tout le monde. Je pense que Morpion et Bélanger vont en avoir besoin.

— Ouf ! Tu m'as fait peur.

— Et pas de tarte à la crème.

— Même pour Thérèse ?

— Surtout pour Thérèse.

HUIT

Conciliation

Augustin Moore-Pion se présente chez Thivierge à l'heure dite, sur son trente-six. Et guindé comme s'il avait avalé un parapluie.

— T'es donc ben chic ! accueille Popo. Tu reviens de la noce ?

— Non, mais par respect pour madame Thivierge, j'ai pensé...

— Voilà que tu m'appelles madame, maintenant ! As-tu oublié qu'on a été à l'école ensemble ?

— Non, Rosa, je n'ai pas oublié. Même que tu me laissais copier sur toi aux récitations.

— Dis pas ça devant les petites, mon sacripant ! Allez, viens, et enlève ton veston. Il fait assez chaud dans la maison.

— Et desserre un peu cette cravate, ajoute Julia en le faisant elle-même. Tu vas étouffer, et quand tu seras mort, popa n'aura plus d'opposition dans sa campagne.

— J'ai apporté une bouteille de vin blanc. J'ai pensé que...

— Tu as bien fait, merci ! Je vais la mettre au frais.

Et Morpion, très décontenancé, se laisse installer au salon, une bière à la main.

— Ton rigolo n'est pas là ?

— Gerry ? il va pas tarder. J'y ai prêté le *pick-up* pour qu'il aille chercher Bélanger. Il reste loin, le p'tit, et il a pas de voiture. Sans doute qu'il en veut pas parce que ça pollue.

Cette farce déride un peu Morpion.

— Il n'est pas allé acheter des tartes à la crème ?

— Ah non ! J'y ai fait promettre. Pas de tarte à la crème aujourd'hui.

— Bonne idée ! Je t'avoue, Popo, que j'ai hésité avant de m'habiller. Je me demandais si ce ne serait pas plus prudent de venir en salopette.

On rit et Morpion se laisse aller dans son fauteuil. La porte s'ouvre sur Gerry remorquant un Bélanger plus coincé que jamais.

— Bonjour, madame.

— Appelle-moi pas madame, mon garçon. C'est Rosa, mon nom. As-tu rencontré Lulu, ma fille aînée ?

— Oui, on s'est déjà vus. Bonjour, mademoiselle.

— Pas mademoiselle. Lulu ! Ou Grosse Lulu, si tu préfères.

— Euh ! Je vous ai apporté de la bière d'épinette. Je l'ai faite moi-même avec la résine des arbres du presbytère.

— D'la bière d'épinette ? C'est fort ? s'intéresse Popo.

— Non, pas du tout. Moins d'un pour cent d'alcool.

— C'est pour les granolas, ton élixir ? plaisante Gerry.

— Une bière ! Pas un élixir. Des élixirs, j'en fais aussi, comme médecine douce, avec des herbes médicinales. Ça, c'est fort en alcool. À ne prendre qu'à petites doses.

— En attendant, que dirais-tu d'une bonne dose de mon élixir à moi ? propose Rosa.

— Ce n'est pas trop alcoolisé ?

— Mais non ! Pas pour un grand garçon comme toi. Allez ! Va t'asseoir avec les politiciens et laisse-moi te servir un petit verre de bleuet.

Et Jean-Guy Bélanger se retrouve au salon où plaisantent les autres acteurs de l'actualité esclarmondaine. Même Gilbarte est là, sur les genoux de matante Thérèse.

— Votre accueil est bien chaleureux, monsieur Thivierge, je ne m'attendais pas...

— Mon p'tit gars, je t'arrête tout de suite. Ici, y a pas de môssieur ni de madâme ! Moi, c'est Popo, elle, c'est Thérèse, puis v'là Morpion puis Gerry. Et on dit tu à tout le monde.

— Je n'osais pas...

— Ça veut faire d'la politique pis ça n'ose pas !

— Envoie, Ti-Guy, décoince-toi ! Il n'y aura pas de tarte à la crème aujourd'hui, invite Gerry.

Et Bélanger s'assoit. Du bout des fesses. Pour se donner une contenance, il goûte à la liqueur de Rosa.

— Comment tu trouves ça ?

— C'est délicieux ! Mais je trouve que c'est fort.

— C'est juste le premier verre qui surprend. Après, ça coule tout seul.

Pour ne pas être impoli, Bélanger vide son verre. Rosa s'empresse de lui en servir un second.

— Bon, c'est bien joli, tout ça, dit Morpion, mais on est venu pour faire quoi, au juste ?

— D'abord pour manger, sacramouille ! Tu voulais un cochon de lait pour régaler tes mormons ? J'ai pas voulu parce que je trouvais ça gaspiller. Eh ben tu vas le bouffer aujourd'hui, ton cochon de lait. Gratuitement.

— Tu m'avais dit que tu n'en avais pas.

— J'en avais pas pour vendre, mais pour mes amis, c'est pas pareil, y a rien de trop bon ! Je m'en réservais un beau p'tit pour une bonne occasion.

— Sans médicament ? s'inquiète Bélanger.

— Sans médicament, mon p'tit gars ! Rien que des bonnes céréales, des bons légumes, du lait et des restes de table ! T'es pas végétarien, au moins ?

— Euh ! Non. Pas vraiment. Mais je conomme très peu de viande.

— C'est parce que tu sais pas c'que c'est, de la viande. Je vais te montrer ce que c'est, moi, de la vraie viande.

— J'y goûterai avec plaisir.

— Fais pas juste y goûter. Bourre-toi-z-en la bedaine !

— Mais après la bouffe, insiste Morpion, on fait quoi ? De la politique ?

— Après, on fait pas de politique, mais on en jase.

— C'est le projet que nous avons fait hier, monsieur le maire.

— Appelle-moi Gus, Thérèse ! On n'est pas à l'hôtel de ville !

— D'accord, Gus. Mais puisqu'on n'est pas à l'hôtel de ville, ne m'interromps pas tout le temps.

— O.K., matante Thérèse !

— Ce que nous avons pensé, hier, c'est que la campagne électorale était bien mal partie.

— Ah ! ben là, je suis d'accord avec toi.

— De nos jours, tout ce qu'on cherche à faire en période électorale, c'est de salir l'adversaire et de lui faire des sales coups par en arrière.

— Ben c'est ça, la politique !

— NON ! Ce n'est pas ça, la politique ! Tu viens de dire une bêtise, Gus. Si tu étais encore à la petite école, je t'enverrais au piquet.

— O.K., matante Thérèse. Fâche-toi pas !

— Je me fâcherai chaque fois que l'un d'entre vous se conduira comme un bon à rien. À partir d'aujourd'hui, je veux une campagne propre et constructive. Chaque fois que je tiendrai une réunion publique, vous serez tous invités auprès de moi sur le podium. Et je ne dirai pas un mot contre vous. Et je vous conseille de faire comme moi, sinon vous aurez de mes nouvelles.

— Calme-toi, Thérèse ! Je promets de faire comme toi, accepte Popo.

— Moi aussi, ajoute Morpion.

— Hoïnk ! Hoïnk ! Gilbarte aussi, conclut Gerry.

— Enfin, vous commencez à avoir du plomb dans la cervelle. Il était temps !

— Tu sais c'est quoi, ton principal atout, Thérèse ? T'as de l'autorité.

— Tu as raison, Popo, j'ai de l'autorité. J'ai appris la lecture à trois générations de petits sacripants. Sans autorité, je n'y serais pas parvenue. Et maintenant que je suis retraitée, ça me manque un peu, l'autorité. Mais ça va revenir, sacramouille ! Comme mairesse, si je suis élue !

— Oh ! Thérèse ! T'as dit sacramouille ! Comme moi.

— Eh oui, Popo. Un bon prof, vois-tu, c'est quelqu'un qui sait en apprendre de ses élèves. Vous verrez bien, quand je serai mairesse, tout ce que vous m'avez appris. Si je suis élue...

— Ça fait deux fois que tu dis si je suis élue. En doutes-tu encore ?

— Oui, Gus, j'en doute encore ! Et j'en douterai jusqu'au dépouillement du scrutin. C'est comme ça qu'on fait de la bonne politique. Non en étant trop ou pas assez sûr de soi.

— Quelle belle leçon tu nous donnes, Thérèse, s'écrie Bélanger, qui s'échauffe, ayant vidé son deuxième verre de bleuet.

— Qu'est-ce que tu veux, mon petit Jean-Guy ? C'est mon métier, de donner des leçons à des garnements de votre espèce.

— Oui, matante Thérèse ! risque l'écologiste, qui vraiment se décoince.

Rosa a profité du dialogue pour lui verser un troisième verre.

— Moi, dit Popo, j'sais plus quoi faire. On s'est fait des bons coups plates, moi puis Morpion, au début de la campagne. On a bien rigolé. J'ai encore bien rigolé quand Gilbarte puis Gerry ont embarqué. Y a eu les tartes à la crème, et tout ça, puis le party aux Chevaliers. Mais à c't'heure que t'es dans la campagne, Thérèse, ça redevient sérieux. La politique a bien changé. J'sais plus quoi faire. J'ai bien envie d'abandonner.

— Moi aussi, avoue Morpion. Je ne me sens plus dans le coup. Je me demande s'il n'y a pas eu trop de Thivierge et trop de Moore à la mairie. On devrait laisser la place aux jeunes.

— La place aux jeunes ? Je te signale que j'ai soixante-douze ans.

— Ça t'empêche pas d'être plus jeune que nous, parce que t'es nouvelle.

— Nouvelle ! Moi ? J'ai vu vos grands-pères puis vos pères faire des gaffes à la mairie, quand c'était ma mère qui était secrétaire. Après, c'est moi qui ai réparé vos maladresses à tous les deux. Et tu appelles ça être nouvelle !

— Tu viens de me convaincre, Thérèse. C'est toi qui as le plus de qualités pour être à la mairie ! Moi, je démissionne ! Qu'est-ce t'en penses, Morpion ?

— Je pense comme toi, Popo !

— Regardez-moi ces deux pissous ! C'est pas comme ça que je vous ai élevés. Et si vous abandonnez, alors moi, je n'ai même plus besoin de faire campagne.

— Ben non. Tu seras élue par acclamation.

— Ça, c'est le plus mauvais service que vous puissiez me rendre. Un maire élu par acclamation, c'est trop facile. Il n'a pas besoin de se casser la tête pour bien gouverner. Je veux de l'opposition ! Vous m'entendez, mes gaillards ? De l'opposition !

— Si tu veux, Thérèse, on peut rester dans la campagne jusqu'à la fin pour te faire plaisir…

— Non, pas pour me faire plaisir. Je veux des adversaires qui se battent !

— Compte pas sur moi. J'ai déjà d'autres projets. Arrange-toi avec Morpion !

— Oh non ! Moi aussi, j'ai eu ma leçon !

— Dans ce cas, moi, je me présente !

— Toi, Gerry ? Tu ferais ça pour moi ?

— Il en faut bien un !

— Mais as-tu l'intention de te battre ? Ce n'est plus un spectacle comique !

— Non seulement j'ai l'intention de ME battre, mais j'ai même l'intention de TE battre ! Et ce sera quand même un spectacle comique. Je fais ma campagne comme je l'entends. Attache ta tuque, Thérèse, ça va barder !

— T'es pas sérieux ?

— Si, Popo, je suis sérieux ! Thérèse m'a convaincu. J'ai toujours fait de la politique pour rigoler ; je vais rigoler encore, mais sérieusement. Et quand je serai maire, ça va continuer à rigoler. Faut travailler dans la joie. Ça vous va, comme programme ?

— Bravo, mon petit Gerry ! Enfin un combattant !

— Vive Gerry ! hurle Bélanger qui, à son quatrième bleuet, a complètement perdu la carte.

— J'te félicite, Gerry ! lance Popo.

— Mes vœux t'accompagnent, ajoute Morpion.

— Les miens aussi, complète Thérèse.

Et Gerry se lève. Il prend un air important et entame son premier discours.

— Mes chers futurs administrés, monsieur le maire sortant, madame l'institutrice autoritaire en retraite, monsieur l'ancien maire qui s'est fait débarquer, monsieur l'écologiste paqueté, madame Gilbarte, mesdames-z-et messieurs, j'ai bien l'honneur de vous annoncer que je suis le prochain maire de Sainte-Esclarmonde. Avec moi, on va faire du travail sérieux, mais ça ne nous empêchera pas de rigoler. Première promesse électorale ! Maintenant, voici le début de mon programme. Premièrement, j'exige que tous les adversaires soient copains et se réunissent quotidiennement pour prendre une bière. Deuxièmement, j'exige que tous soient présents à toutes les assemblées électorales, pour se donner un coup de main. Troisièmement, je décrète que le gagnant aura droit à l'appui et à l'amitié des perdants. Les contrevenants seront passibles d'une tarte à la crème sans préavis. J'ai dit !

Les applaudissements se déchaînent. La politique esclarmondaine vient de prendre un tournant décisif.

— Vous serez tous à mon assemblée, ce soir ?

— Oui !

— Ouais !

— Promis !

— Juré !

— Hoïnk !

****

Le dîner se déroule dans une atmosphère de réveillon. Gerry le Clown donne un échantillon de son répertoire. Popo et Morpion, délestés d'un lourd fardeau, plaisantent comme des écoliers. Thérèse, de temps en temps, rappelle ses garnements à l'ordre, ce qui laisse un répit à Rosa. Bélanger, complètement soûl pour la première fois de sa vie, fait des compliments mondains à Rosa qui en rougit de plaisir, chante la pomme à Julia qui en rit, et récite des poèmes à Grosse Lulu qui s'en fout.

****

La salle paroissiale est comble et le public très jeune. Toute la journée, une voiture munie d'un haut-parleur a annoncé à la population le spectaculaire revirement politique. Comme les Esclarmondains n'en sont plus à un rebondissement près, il a fallu en rajouter. Les clowns de Gerry ont sillonné la paroisse. Ils étaient partout : au centre commercial, devant la caisse populaire, à la sortie de la petite école... Partout, un même message : Gerry est le candidat des enfants. Ce soir, les enfants sont rois. Ils sont tous invités. S'il n'y a pas assez de place dans la salle, on mettra les vieux dehors. Les adultes ne comprennent rien à la politique. Cette fois, ce sera aux enfants de dire aux papas et aux mamans pour qui il faut voter.

Le dernier reportage de Radio-Canada a donné lieu à une émission spéciale de vingt minutes et les téléspectateurs attendent la suite. Plusieurs médias de la presse écrite, parlée et télévisée sont sur les lieux. Les enfants sont en majorité. Beaucoup d'adultes sont debout.

Gerry le Clown fait une entrée très remarquée, entouré de sa joyeuse équipe. Il s'assoit à la tribune, réclame le silence et l'obtient.

— Mes amis, je n'irai pas par quatre chemins. Ce soir, seuls les enfants auront droit de parole. Mais avant de commencer, je veux vous présenter mes meilleurs amis, Popo.

Et Popo, coiffé d'un chapeau à fleurs, fait son entrée sous les ovations d'un jeune public très excité.

— Et voici celle que tout le monde aime, ma grande amie, matante Thérèse. Et voici Gus, Ti-Guy et évidemment Gilbarte, dans les bras de ma meilleure copine, Julia.

Tous sont affublés, qui d'une cravate géante, qui d'un faux nez ou d'une perruque verte, chacun s'installe sur l'estrade où une longue table est hérissée de micros.

— Vous pouvez remarquer, les p'tits copains, qu'il reste quatre places à cette table. Je les ai réservées pour quatre d'entre vous. Pas des vieux. Deux gars et deux filles. Et des bien tannants.

Les quatre chaises vacantes sont aussitôt prises d'assaut par des enfants ravis de faire leurs débuts en politique dans de si agréables conditions.

Dans la salle, Gaston Binette, conseiller, se dresse.

— C'est un scandale !

— T'as raison, Pépère ! Le scandale, tu viens de le commencer. Et c'est quoi, au fait, ton fameux scandale ?

— Vous prenez les enfants en otages pour faire passer vos idées.

— T'es trop vieux, Binette, tu ne comprends plus rien à la politique. Les enfants, êtes-vous obligés d'être ici ?

— Nooooon !

— Aviez-vous envie de venir ?

— Ouiiiiiiiiii !

Une écolière, sur la scène, saisit son micro.

— Moi, j'suis venue parce que j'avais le goût d'm'amuser.

— La politique, c'est pas pour s'amuser.

— Ben, ça vient de changer ! À partir de maintenant, ç'a fini d'être plate, la politique !

— De toute évidence, insiste Binette, cette enfant a bien appris sa leçon !

— Y a pas de leçon ici. On est pas à l'école. Et Gerry, je le connaissais même pas il y a cinq minutes.

— C'est quoi, ton nom ? questionne Gerry.

— Sophie.

— Eh bien, bravo, Sophie ! Tu as tout compris. Tu devrais te présenter comme conseillère.

— C'est tout arrangé d'avance, s'accroche Binette.

— Ce qui est arrangé d'avance, c'est que t'es épais, Binette, réplique l'insolente Sophie.

— Je le dirai à ton père !

— Il est ici, son père, crie un adulte.

— Vas-tu la faire taire, ton impertinente ?

— Je la ferai taire quand elle aura tort.

On rit. On applaudit. D'un peu partout jaillissent des chou ! et des hoïnk ! hoïnk ! Binette, ulcéré, quitte les lieux.

— Y a-t-il d'autres personnes qui veulent empêcher mes amis de parler ? continue le clown. Personne ? Parfait. On va pouvoir commencer !

Et Gerry expose son programme en termes simples et clairs. Il a, comme matante Thérèse, repris le meilleur des projets de ses concurrents.

— Et j'insiste sur un point essentiel, matante Thérèse et moi, nous avons le même programme. Exactement le même ! D'ailleurs nous avons décidé de faire campagne ensemble. Le jour du vote, vous n'aurez pas à choisir entre deux politiques compliquées. Vous n'aurez qu'à élire celui ou celle qui vous semblera le meilleur. Moi, je voterai pour Thérèse.

— Et moi pour Gerry ! lance Thérèse.

— Mais alors, vous êtes même pas en chicane ? s'étonne Sophie.

— C'est du passé, ça ! La nouvelle politique, ce n'est plus la chicane, mais l'amitié.

On applaudit beaucoup cette nouvelle conception des affaires publiques. Vient ensuite la période de questions. Les enfants se pressent au micro.

— Pourquoi t'as décidé de faire ta campagne avec les enfants ?

Morpion et Popo se disputent pour répondre. Popo l'emporte.

— Parce que c'est vous autres qui allez diriger la paroisse dans pas grand temps.

— On a décidé de vous laisser la place tout de suite, ajoute Gus. Place aux jeunes !

— Mais matante Thérèse, elle est pas jeune !

— Elle est pas jeune, mais un peu quand même ! Elle a passé toute sa vie avec vous autres.

— Et je vous aime, ajoute l'intéressée.

Les enfants posent encore beaucoup de questions. Les adultes, amusés, ont pris le parti de ne pas intervenir. La soirée se termine à une heure raisonnable, quand Gerry lance :

— Et maintenant, tout le monde au lit ! Y a école demain !

NEUF

Les élections

Le grand jour est enfin arrivé. Quelques oiseaux, deux ou trois feuilles promettent déjà l'été. Le vote se tient dans la petite école et les enfants ont congé.

On a vu arriver Gerry et Thérèse, bras dessus, bras dessous, comme deux larrons en foire. Ils étaient encadrés de Popo, Morpion et Bélanger, tous très joyeux.

Dès l'ouverture des bureaux, les Esclarmondains se sont bousculés en rangs serrés. Peu d'entre eux étaient seuls. Presque chaque fois, des enfants les accompagnaient. La plupart faisaient à leurs parents les dernières recommandations avant l'instant critique. On en a même vu plusieurs pénétrer dans l'isoloir avec un adulte. Pour s'assurer que leurs instructions soient suivies à la lettre.

Les responsables n'y ont rien trouvé à redire. Après tout, aucun règlement n'interdit à un adulte de se faire accompagner aux élections par sa progéniture.

Toute la journée, Gerry et Thérèse ont accueilli conjointement les citoyens. À chacun d'eux, Thérèse a lancé : votez Gerry ! Ce à quoi Gerry a répondu : votez Thérèse !

Gilbarte, bien entendu, était présente, et Julia a eu fort à faire pour empêcher qu'on ne la gave de bonbons.

Au moment d'accomplir leur devoir, Popo et Morpion se sont consultés.

— Toi, tu votes pour qui ?

— Je ne sais pas encore. Si tu votes pour l'un, je vote pour l'autre.

— On fait ça à pile ou face ?

— Bonne idée ! Sinon je ne serai jamais capable de choisir. Je fournis le trente sous et tu tires.

— Pourquoi tu fournis le trente sous ? T'as pas confiance ?

— Faut jamais faire confiance en politique.

— Ah ! Mon espèce de mormon. Tu changeras jamais !

Un cercle de badauds s'est rapproché. L'instant est solennel. Les deux vieux ennemis vont s'affronter une ultime fois. Morpion sort une pièce de sa poche et la fait circuler pour que chacun puisse voir qu'elle ne comporte pas deux « pile » ou deux « face ». Sophie, qui passait par là, vérifie et commente :

— La pièce est correcte. Mais on peut pas faire confiance à ces deux vieux ratoureux-là pour jouer honnêtement. C'est moi qui tirerai. Tête, Popo vote Gerry, puis le contraire.

La fillette, qui n'en est pas à sa première partie de pile ou face, lance la pièce d'une habile pichenette, la rattrape au vol, la plaque sur le dos de sa main et fait voir le résultat.

— Tête ! Popo vote Gerry, pis Morpion vote Thérèse !

— Eh ben voilà ! dit Popo, le sort a décidé !

— Allons-y, répond Morpion.

— Pas si vite, s'insurge Sophie. Popo d'abord. Et je l'accompagne pour être sûre qu'y triche pas. Je garde le trente sous comme salaire !

— Tiens, rigole Popo, en v'là un autre !

— Tu me le donneras après avoir voté, sinon ça serait de la corruption d'fonctionnaire.

****

Les bureaux ont fermé à huit heures et le dépouillement a commencé. Les électeurs, presque au complet, puisque les deux camps fraternisent, sont entassés dans la salle des Chevaliers de Colomb. On a dû laisser les portes ouvertes pour que ceux qui n'ont pas trouvé de place à l'intérieur, puissent suivre de l'extérieur le déroulement des opérations.

Le président d'élections a déjà fait une brève apparition pour annoncer qu'on avait enregistré un taux de participation de quatre-vingt-dix-huit pour cent.

— Tu te rends compte, Morpion ? Quatre-vingt-dix-huit pour cent ! On n'a jamais atteint soixante-dix.

— Ouais, je crois qu'on a bien fait de laisser la place.

— On a bien fait certain !

Et puis les résultats commencent à rentrer. Les deux candidats sont en lutte serrée. Tantôt Gerry l'emporte, tantôt Thérèse.

— C'est déjà comme au référendum, commente Sophie. On connaîtra le gagnant qu'à la dernière minute.

Joliane, qui couvre l'événement, renonce à lancer le traditionnel si la tendance se maintient... Et comme tout a une fin, celle-ci arrive. Le décompte définitif donne douze voix de majorité à Gerry le Clown.

— Ce n'est pas assez, dit le gagnant.

— Ça prend un recomptage ! crie Binette qu'on n'avait plus entendu depuis quelques heures.

Thérèse s'approche du micro et donne son verdict.

— Je n'en veux pas, de recomptage ! Le vote est très clair, les Esclarmondains ont autant confiance en Gerry qu'en moi. Si on fait un recomptage, ça coûtera des sous à la paroisse pour arriver au même résultat. Et si jamais je l'emportais ? Je serais la mairesse. La belle affaire ! Et qui s'occuperait du secrétariat ? Et qui empêcherait le maire de faire des bêtises ? Non, mes amis, pas de ça ! J'accepte la victoire de Gerry et je le félicite. Et je demande à être réintégrée dans mes fonctions de secrétaire. Es-tu d'accord, Gerry ?

— Moi oui, mais qu'en pensent les électeurs ?

— OUAIS !

— Et qu'en pensent les anciens maires ?

— Je trouve que ça a bien de l'allure, approuve Morpion.

— Avec matante Thérèse, le nouveau maire aura besoin de pisser drette, conclut Popo.

— Népomucène, sois poli, corrige Rosa.

— Et le p'tit Bélanger, qu'est-ce qu'il en pense ? continue Popo, ignorant le rappel à l'ordre.

L'écolo s'approche du micro.

— J'en pense que nous avons un maire qui va nous permettre de respirer un peu. Je lui offre mes compétences en matière d'écologie et je promets d'être présent à toutes les réunions du conseil.

— Moi pas, lance Binette. Je suis élu comme conseiller, mais je refuse de travailler pour un clown. Je donne ma démission !

Deux autres conseillers approuvent la décision de Binette et se désistent aussi.

— Ça fait trois postes vacants, dit Gerry. Il va falloir les combler. Il va falloir organiser des élections partielles !

— Élections partielles, mon cul !

— Népomucène, sois poli !

— Je m'excuse, mais des partielles, ça aussi, ça va coûter des sous à paroisse ! Si on commence à flamber le budget le jour des élections, on va pas s'en sortir.

— Bien dit ! approuve Thérèse.

— Alors voilà ce que je propose, sacramouille ! Le p'tit Bélanger veut rentrer l'écologie dans paroisse ? Il a raison ! On pourra pas toujours passer à côté de l'écologie. Donc on n'a qu'à lui offrir un poste de conseiller. Puis Morpion il a déjà été maire, puis son père, puis son grand-père avant lui. Morpion, c'est un gars d'expérience. Je peux ben le dire, à c't'heure qu'il est pus mon concurrent. On a qu'à lui offrir un poste de conseiller lui itou ! Et puis moi, j'ai aussi été maire après mon père puis mon grand-père. Moi itou, j'ai de l'expérience. Ben on a qu'à me donner un poste d'échevin à moi itou ! Ça tombe bien, il y a justement trois « pissous » qui viennent de démissionner. Ben moi, Népomucène Thivierge, je vous en propose trois pour les remplacer.

Et Popo se rassoit, fier de sa performance. Pour la première fois de sa carrière, il a prononcé un discours qui n'a pas été écrit par Rosa ou Julia.

— Mais ça va quand même prendre des partielles, s'inquiète Gerry.

— Pas besoin ! coupe Thérèse. La majorité de l'électorat est présente, on peut procéder par acclamation. Ou à main levée.

— D'accord avec toi, Thérèse. Y a-t-il des objections ? Non ? Alors, procédons ! Qui veut Popo comme échevin ? Levez la main !

Popo est élu à l'unanimité. Puis Morpion, puis Bélanger.

— Eh bien voilà ! conclut Gerry. Le gouvernement est en place. Maintenant attention, les p'tits copains. On va bien rigoler, mais on va aussi travailler dur. On va mettre Sainte-Esclarmonde sur la carte. J'ai juste une chose à rajouter, j'avais apporté une belle tarte à la crème pour le dépouillement. Au cas où j'aurais pas été élu...

— Tu voulais m'entarter, sacripant !

— Non ! Pas toi, Thérèse. J'ai trop de respect. Mais je n'ai pas encore eu l'occasion d'en coller une à Bélanger. C'est une tarte écologique, rien que des produits naturels. Il l'aurait aimée, mais ce n'est pas lui qui l'aura...

Et Gerry déballe l'objet. Un silence de mort baigne soudain la salle. Qui sera la victime ?

— Cette tarte-là, mes amis, personne ne l'aura dans la face. Si je commence mon mandat de premier magistrat par un entartage, il y en a qui ne me prendront pas au sérieux. On a beau être un clown, quand on est maire, on a des devoirs.

— Ça ne nous empêchera pas de t'entarter, toi, s'écrie Sophie, qui décidément semble vouloir prendre une part active dans les affaires publiques.

— T'as raison, Sophie, mais si tu m'entartes trop, je ne pourrai pas travailler. Laisse-moi une chance, d'accord ?

— D'accord. Disons une fois par année.

— Ça me paraît raisonnable. En attendant, cette tarte, vous l'avez peut-être deviné, c'est pour Gilbarte que je l'ai apportée.

Et le maire dépose la friandise aux pieds de l'héroïne qui la dévore en trois coups de langue.

— Tu vas encore la faire engraisser, proteste Julia.

— Laisse, Julia. C'est la dernière fois. Promis.

Julia cède et Gerry reprend la parole.

— N'oubliez jamais, mes chers électeurs, que sans Gilbarte, on n'en serait jamais arrivé là. Il n'y aurait jamais eu autant d'humour et d'amitié dans une campagne électorale. Dans cinquante ans, on ne saura même plus qui était maire de Sainte-Esclarmonde aujourd'hui. Mais dans cinquante ans, on se souviendra encore que Gilbarte a bouleversé la vie de toute la paroisse. Merci, Gilbarte. C'est toi la grande gagnante !

Un tonnerre d'ovations salue l'intéressée. Gilbarte lèche son assiette, grogne un coup dans le micro qui lui est tendu et, en vieille politicienne blasée par les acclamations, elle demande la porte, l'obtient, revient peu après, se couche sous l'estrade pour digérer à son aise.

— Voilà comment je compte diriger la paroisse, conclut Gerry. Je ferai chaque jour ce que j'ai à faire, puis je me coucherai l'âme en paix. Merci du conseil, Gilbarte !

****

Gerry le Clown a été un excellent maire pour Sainte-Esclarmonde. Il a été réélu trois fois par acclamation, avant qu'il ne démissionne pour retourner à sa vocation première.

Julia et lui se sont mis en ménage. Popo a donné sa bénédiction. Goupillon a eu beau vouloir y superposer la sienne, le jeune couple a toujours refusé de s'unir devant lui. J'ai bien trop peur de me faire entarter en habit de noces, a plaidé Gerry. On en est resté là.

Sophie, par contre, n'en est pas restée là. Elle a tenu sa promesse et entarté douze fois le maire pendant sa carrière.

Grosse Lulu a repris la ferme paternelle et l'a modifiée du tout au tout, la mettant à l'heure de l'écologie. Bélanger l'a beaucoup aidée. Entre eux s'est d'abord installée une belle complicité, puis une amitié profonde. Et puis l'amour a fait le reste. Bélanger, plus guindé que jamais, est un jour venu demander à Popo la main de sa fille.

— T'as pas mis des gants blancs, conteste Popo. Sans les gants blancs, je peux pas recevoir ta demande.

— J'ignorais, monsieur Thivierge. Je reviendrai.

— Pas besoin de revenir. Je vais t'en prêter, moi, des gants blancs !

— Vous avez ça ?

— Ben oui, qu'est-ce que tu crois ? Un chevalier de Colomb, ça possède des gants blancs.

Et Popo tend à Bélanger l'objet du litige.

— À c't'heure que tu es équipé comme un gentleman, j'suis prêt à recevoir ta demande.

— Popa, arrête de niaiser, proteste Grosse Lulu, hilare.

— Lulu ! Ne sois pas impolie, rouspète Rosa.

— Faut bien que quelqu'un commence à le mettre au pas, ce grand-là. Puis je compte sur toi, Lulu, pour continuer.

Bélanger, qui commence à être habitué aux facéties de sa future belle-famille, ôte les gants, prend une grande inspiration et lance d'une voix forte :

— Hé ! Popo ! Je veux marier ta Grosse Lulu, sacramouille !

— Enfin ! V'là mon coincé qui commence à parler comme un homme. Ben je te donne pas la main de ma grosse. Je te la donne tout entière !

— Moi aussi, confirme Rosa.

— Tout ce que je te demande, exige Popo, c'est de me faire bien vite un beau p'tit pour battre le p'tit Moore aux élections !

— T'en fais pas pour ça, dit Grosse Lulu, le p'tit, il est déjà en route.

— Ah ! mes p'tits mormons. Alors comme ça, quand vous êtes ensemble dans la soue, y a pas que Pierre Elliott qui s'amuse ?

— T'as tout compris, popa !

— Qu'est-ce qu'il va dire, Goupillon ? s'inquiète Rosa.

— Goupillon, il est pas le boss chez nous, répond Bélanger qui vient de vider un verre de bleuet.

****

Matante Thérèse a adopté Gilbarte. Julia et Gerry n'avaient plus le temps de s'en occuper, Grosse Lulu et Bélanger non plus. Et l'on craignait que Popo, emporté par l'esprit commerçant, ne la vende à un quelconque amateur de barbecue. Elle a vécu heureuse jusqu'à l'âge de dix-sept ans et pesait, à sa mort, cent cinq kilos. Elle est morte par où elle avait péché, la gourmandise. Le cholestérol l'a sournoisement envahie. Un accident cardio-vasculaire a eu le dernier mot. Elle s'est éteinte paisiblement, après un bon repas, bien au chaud derrière le poêle. Un petit grognement, un grand soupir, et puis plus rien…

On n'a pas pu lui faire de funérailles nationales. On ne fait pas ça aux cochons, et c'est bien dommage.

Goupillon, évidemment, a refusé sa bénédiction. Le jour où ceux-là comprendront que les temps ont changé…

On a enterré la petite truie mauve tigrée aux yeux bleus derrière la maison de Népomucène et de Rose de Lima. Toute la paroisse était là. Un artiste anonyme a fait livrer une pierre tombale où étaient gravés ces mots :

Merci, Gilbarte !
Grâce à toi,
Sainte-Esclarmonde
est entrée dans l'Histoire.

Il y a eu beaucoup de fleurs. Il y a eu beaucoup de pleurs…

TABLE DES MATIÈRES